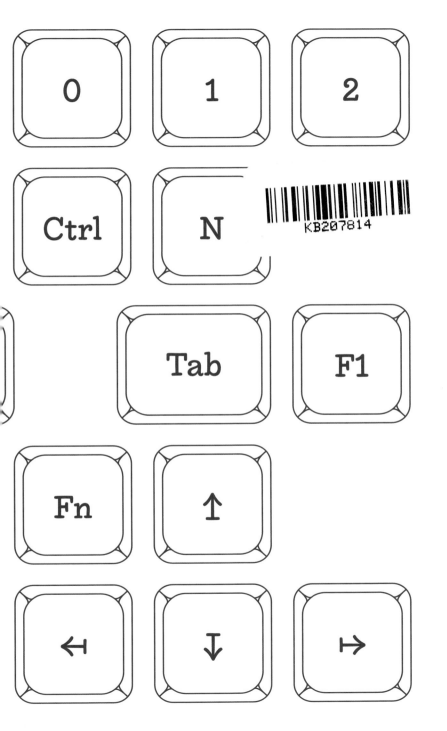

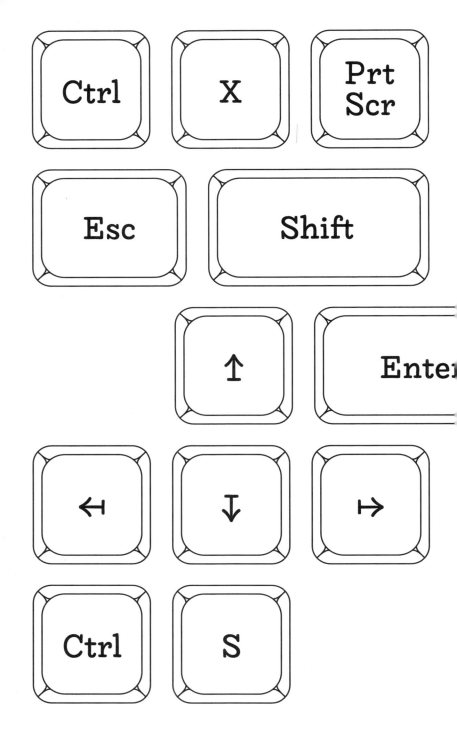

에디터의 기록법
THE EDITOR'S NOTES

에디터의 기록법

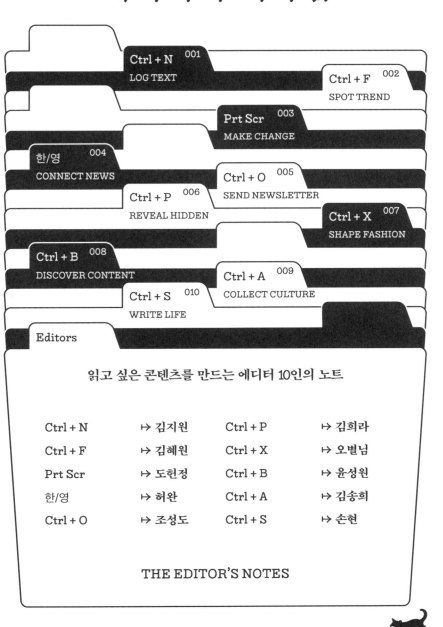

Ctrl + N 001
LOG TEXT

Ctrl + F 002
SPOT TREND

Prt Scr 003
MAKE CHANGE

한/영 004
CONNECT NEWS

Ctrl + O 005
SEND NEWSLETTER

Ctrl + P 006
REVEAL HIDDEN

Ctrl + X 007
SHAPE FASHION

Ctrl + B 008
DISCOVER CONTENT

Ctrl + A 009
COLLECT CULTURE

Ctrl + S 010
WRITE LIFE

Editors

읽고 싶은 콘텐츠를 만드는 에디터 10인의 노트

Ctrl + N	↦ 김지원	Ctrl + P	↦ 김희라
Ctrl + F	↦ 김혜원	Ctrl + X	↦ 오별님
Prt Scr	↦ 도헌정	Ctrl + B	↦ 윤성원
한/영	↦ 허완	Ctrl + A	↦ 김송희
Ctrl + O	↦ 조성도	Ctrl + S	↦ 손현

THE EDITOR'S NOTES

Esc

1월까지만 빼곡하고 텅 빈 다이어리

메모해놓지 않아 휘발된 수많은 '좋은 아이디어'

언젠가 쓸 '북마크'와 '캡처 이미지'가 쌓인 저장함

어쩐지 나만 꾸준히 못 하는 것 같은 SNS

메일함에 가득한 읽지 않은 뉴스레터

글을 쓰려고만 하면 아무것도 떠오르지 않는 머릿속

오늘도 '잘' 기록하지 못해서
답답한 마음에 자책하고 있나요?

누가 시킨 것도 아닌데,
우리는 왜 기록하려는 걸까요?

Enter

하루에도 너무 많은 것을 보고 듣는 요즘이라 무엇을 기록하고 남겨야 할지 혼란할 때가 많아요. 기록 앞에서 막막해질 때면 '이걸 꼭 해야 하나?' 하는 마음이 들기도 하지요.

기록이 일이라 필연적으로 기록이 생활이기도 한 에디터 10명에게 기록법을 물었습니다. 매일 기록을 남기는 이들은 왜, 무엇을, 어떻게 기록하는지요. 모든 것을 기록해야 할 것만 같은 시대, 이들의 답에서 기록해야 하는 이유, 기록을 잘하는 방법을 명쾌하게 듣고 싶었어요.

그런데 이들도 자신을 '서툰 기록자'라고 고백합니다. 그럼에도 수많은 것 중에서 가치 있고 의미 있는 것을 찾아 기록해내야 하기에 저마다 분투에 가까운 기록 이야기를 털어놓지요.

이렇게 모인 '진솔한 기록'에 어쩐지 기록의 의미를 다시 돌아보게 됩니다. 오늘도 부지런히 키보드를 두드리며 저마다의 기록을 남기는 에디터들의 이야기로 왜, 무엇을, 어떻게 기록하고 싶은지 내게도 스스로 질문해봅니다.

일상 기록 습관부터 유의미한 기록을 결과물로 연결하는 과정까지. 일기부터 SNS, 협업 도구와 기록 앱까지. 에디터 10명이 전하는 다양한 기록법에서 미처 몰랐던 기록 노하우와 나에게 알맞은 기록 도구를 발견하는 재미도 있을 거예요.

책을 시작하며 마음에 품었던 질문이 책을 닫을 때쯤에는 '나만의 기록법'이라는 답으로 선명해지길 바라며, 그 여정을 함께 시작해요.

THE EDITOR'S NOTES

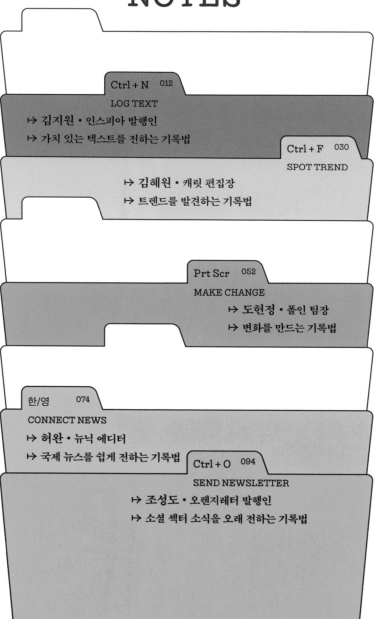

CONTENTS

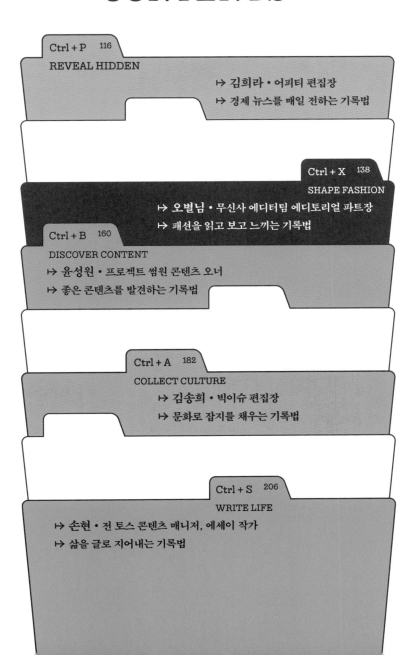

EDITOR
001

"나의 글쓰기는 오늘만 산다."

김지원 · 인스피아 발행인

LOG
TEXT

New Page

가치 있는 텍스트를 전하는 기록법

내겐 조금은 독특한 취향이 있다. 나는 작가, 학자 등이 남긴 역작도 좋지만, 그들이 평소에 적어둔 메모나 일기, 미완성 원고, 작업 노트 등을 모아둔 선집 읽기를 몹시 좋아한다. 그중에서도 일기가 제일이다.

단지 남의 사생활을 훔쳐 읽는 게 재밌다는 차원이 아니다. 이런 글들은 대체로 어쨌든 '그냥-계속' 쓰는 글이다. 또한 아직 안개처럼 어렴풋하게 존재할 뿐인 어떤 생각이나 감정을 필자가 애써 맨손바닥으로 잡으려고 허우적대는 도중 얼결에 종이 위로 내려앉은 글이다. 이런 글은 보통 어떤 명확한 지향점도 없고, 나중에 완성작으로 만들어진 작품에 비해 산만하고 동어반복적이지만 필자의 욕망과 편견의 흐

가치 있는 텍스트를 전하는

름, 에너지만큼은 강렬하다.

기록법을 이야기하겠다면서 타인의 일기 이야기를 우선 꺼낸 이유는, 내가 기록과 메모를 대체로 일기 쓰듯 하기 때문이다. 나는 결코 기억하기 위해 기록하지 않는다. 나는 계속 쓰고, 혼자 헤매기 위해 기록한다. 그리고 대외적인 결과물은 이 기록과 메모 더미 중 일부를 꺼내 이리저리 궁리해서 붙이고 자르고 재가공한 것일 뿐이다.

내가 꾸준히 기록하는 것은 딱 두 가지다. 일기와 독서 메모. 일기는 손으로 쓰고, 독서 메모는 100퍼센트 컴퓨터로 적는다. 오래전부터 이 둘을 엉망으로 뒤섞어가며 써왔기 때문에, 엄밀하게 말하자면 일기장에 손으로 쓰느냐 아니면 독서 메모에 컴퓨터로 적느냐 정도의 차이가 있을 뿐이다.

이런 뒤섞임은 내가 수년간 장르, 분야, 주제 등이 다른 여러 권의 책을 엮어 쓰는 뉴스레터 '인스피아'에 독특한 형태의 글을 쓰면서 조금 더 심해졌다. 예를 들면, 일기장을 열어 날짜를 적어두고선 그 아래로 내리 몇 장에 걸쳐 최근 읽은 책에 대한 이야기를 써 내려간다. 거기에는 문득 뇌리에 떠오른 기사나 누군가와 나눈 대화 등이 아무렇게나 뒤섞이기도 한다. 만약 그즈음 어떤 글을 읽고 있었다면, 그것도 손이 닿는 대로 솥에 들어간다. 마찬가지로 독서 메모의 경우에도 책에 대한 이야기를 쓰다가 갑자기 떠오른 실제 경험이나 기사, 영화 등이 아무렇게나 섞여 들어간다. 내가 최근 골똘하게 고민하는 문제에 대한 이야기로만 글이 한참 이어지기도 한다. 그러다보면 어떤 독서 메모는 한 주제에 대한 칼럼처럼 된다. 때론 안 되겠다 싶어서 조금 더 엄밀히 '할 말'을 장르나 테마별로 나누어보기도 하지만 어떻게든 기어이 섞이기 때문에 번번이 실패한다.

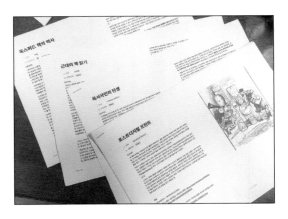

△ 과거에 읽은 책들의 독서 메모를 출력해 뉴스레터의 관련 회차를 준비한다. 독서 메모의 내용을 완벽히 기억하진 못하지만, 어렴풋이 어떤 주제에 관해 써야겠다는 생각이 들었을 때 과거에 읽은 책을 떠올려볼 수는 있다. 상단엔 작성한 날짜를 적어놓는데, 두 번 이상 읽은 경우엔 기존 메모에 덧붙이는 것이 아니라 하단에 새로 날짜를 적고 메모를 추가한다. 왜냐하면 과거 특정 시점에 그 책을 읽고 든 생각은, 나중에 다시 읽고 든 생각과 별개의 것이기 때문이다. 원래 기록을 지우고 다시 쓴 고대 문서 팔림프세스트라기보다는 끊임없이 이어지는 스레드 같은 느낌이다. 참고로 사진 속 메모 등을 기반으로 2024년 10월 첫째 주 뉴스레터 〈'텍스트힙'은 나쁜가?〉를 썼다.

가치 있는 텍스트를 전하는

그냥 계속, 쓰는 글

　내가 일상적으로 책을 읽는 것만큼이나 '쓰는 것' 역시 중요하게 생각해왔다는 점을 짚고 넘어가고 싶다. 여기서 '쓰는 것'은 원고 쓰기를 제외한 '메모 쓰기'만을 말한다. 목적 없이 그냥 계속, 쓰는 글이다. 내 경우 책을 읽는 시간과 책을 읽고 나서 일기나 메모로 그에 대한 생각을 적는 시간이 거의 일대일에 가깝다. 심지어 책에 따라선 적는 시간이 더 길 때도 왕왕 있다. 메모를 적는 시간이 길기 때문에, 웬만하면 책을 다 읽고 몰아서 메모를 하는 편이지만, 어떤 책의 경우엔 읽는 도중에 계속 다른 생각이 끼어들어서 뭔가 쓰지 않고는 못 견딜 상황이 되기도 한다. 그러면 그냥 책을 갈매기 꼴로 뒤엎어놓고서 한참 쓰다가 다시 또 읽어나간다.

　나는 책을 읽으면 그 책에 대한 아주 간단한 감상이라도 메모로 기록을 남기는 편이다. 책 내용에 내가 동의하는지 반대하는지, 혹은 그 책이 양서인지 질 나쁜 책인지 등과는 관계없다. 다만 메모를 적을 때는 책 내용에 아주 일부라도 파고들어볼 요소가 있는지를 그 기준으로 삼는다. 만약 여러 가지 이유(너무 책이 어렵다든지, 책을 경유해서 할 만한 이야기가 없다든지, 진부하다든지……)로 그럴 만한 책이 아니라고 판단되면 끝까지 읽지 않고 그냥 덮어버린다. 그러므로 내가 읽은 책에는 대개 메모가 붙어 있다.

책을 읽고 쓴 글은 통상 '서평'이라든지 '독후감'이라고 불린다. 하지만 나는 한 번도 나의 끄적임을 '독서 메모' 외에 다른 이름으로 불러본 적이 없다. 나의 독서 메모는 독서 후에만 쓰인 것도 아니고, 감상도 아니고 평론도 아니고 심지어 책에 대한 이야기가 아닐 때도 있다. 어쩌면 나의 일상적 '읽기', '쓰기'는 분리된 '읽기', '쓰기'라기보다는 이 둘을 뭉뚱그린 채집 혹은 통과에 가깝다.

수많은 창작자에게 읽기(보기, 관찰하기)와 쓰기(메모 기록, 혹은 작품)는 결코 동떨어진 것이 아니었다. 그들은 글감이나 영화, 화폭 등에 담을 만한 장면을 일상적으로 메모해왔다. 이들은 무언가를 보고 듣는 순간을 메모했다. 그러고는 어떻게 자신의 작품에 써먹을 수 있을지 맹렬하게 궁리했다. 길가의 꽃 한 송이, 폐차장의 타이어 더미, 옆자리 사람들의 수다 등은 모두 창작자들의 영감에 불을 붙일 수 있는 질료였다. 〈8월의 크리스마스〉 등을 연출한 허진호 감독은 한 강연에서 이렇게 말했다.

제 경험들은 이렇게 영화에서 사용됩니다. 그렇기에 저는 아무리 사소한 일이라도 주의 깊게 관찰하고 메모하죠. 집 앞에서 기괴한 복장을 한 사람을 본 날은 '저거 영화에 넣어보면 어떨까'라는 생각을 하고 곧 만개할 꽃 위에다가 누가 담배꽁초를 올려놓고 간 것을 보며 왜 그랬을까를 상상합니다. 그리고 그 모든 장면을 제 경험의 주머니 속에 넣어둡니다.

가치 있는 텍스트를 전하는

(…) 때로는 가장 일상적이고 개인적인 이야기에 대한 발견이 그 어떠한 것보다 더 진한 색깔이 되곤 합니다. (…) 계속해서 나의 경험을 돌아보고 다른 사람의 일상을 관찰해보세요. 그리고 그것을 쌓아두세요. 그게 여러분만의 무기가 되어줄 겁니다.

— 강제규 외, 〈나만의 색깔을 완성하는 방법〉, 《창작자들》

  생전의 빅토르 위고는, 그의 자녀에 따르면 주변 사람들의 말을 거의 강박적으로 메모하려 했다. 이런 메모 기록 가운데 상당수는 결과적으로 그의 작품 위 '활자'로 재탄생했다. 스스로 '박물학자'로 불리길 원했던 장 앙리 파브르는 자연의 모든 것을 관찰하고 나서 인상적인 부분들을 상세하게 메모해 기록했다. 그의 삶은 관찰과 메모, 또 다른 관찰과 메모의 연속이었다. 그것은 곧 그의 역작으로 남았다. 평생 단 한 권의 '책'도 남기지 않은 레오나르도 다빈치의 경우 그가 수십 년간 쓴 칠천여 장의 메모가 전해진다. 그는 평생 수력학, 기계학, 지리학, 미술, 우화 등 모든 분야에서 자기 힘으로 관찰하고 조사한 결과를 끊임없이 노트에 남겼다. 그리고 계속 그린다는 간단한 과정만을 반복했다. 통상 메모는 '번거로운 일', '가욋일'처럼 여겨지곤 한다. 그런데 이런 삶이라면, 좀 과장해 차라리 메모가 본체이고 삶이란 글감이라든지 가욋일 같은 것일지도 모른다.

기록이 생각의 질료가 되는 여정

  책은 그 자체로 재밌는 것이기도 하지만, 무엇보다도 어디에 써먹을 수 있을지 두리번거리며 읽을 때 몇 배로 재밌다. 공원 중앙에 자리한 가장 거대한 구조물뿐만 아니라 발밑에 굴러다니는 작은 도토리, 벤치에 앉아 바라보는 잔잔한 물결도 우리 마음에 와닿는 것처럼. 이 때문에 메모하기 위해 책을 읽는 사람에게 병렬 독서냐, 통독이냐, 속독이냐, 지독이냐 등을 운운하는 것은 실은 별 의미가 없다. 그저 독서하는 도중 무언가가 나의 마음에 와닿고, 마음을 흔들어놓느냐가 가장 중요할 뿐이다.

  아이러니한 점은 '써먹기' 위해서 관찰한다고 할 때, 오히려 그 자체를 한 발짝 멀리 떨어져 바라보기만 하는 것에 비해 훨씬 더 자세하고 절박하게 관찰할 수 있다는 사실이다. 어느 페이지의, 어느 구석에서 영감을 조우할지 모르니 구석구석 땅을 밟아도 보고 발을 굴러도 보고 고개를 꺾어도 봐야 한다. '써먹기'는 물론 어떤 영화라든지 작품 등 결과물에 즉각적으로 사용하는 것만을 일컫지는 않는다. 글은 그저 질료를 쏟아붓는다고 해서 결과물이 나오는 단선적인 과정을 거치지 않는다. 생각의 질료로서의 '써먹기' 쪽이 중요하다. '인스피아'의 글을 쓰는 과정에서 진행되는 독서는 대체로 이런 궤적으로 이루어진다.

가치 있는 텍스트를 전하는

예를 들어, 나는 과거에 빌 브라이슨의 《거의 모든 사생활의 역사》를 읽으며, 유럽 근대사의 서술 과정에서 '하인'의 존재가 전등 밑 그림자 같다는 사실을 알게 되었다. 이 책에서 저자가 직접적으로 하인을 다룬 부분은 그리 많지 않았지만, 두꺼운 책을 읽는 내내 아무리 가난한 집안이라도 '전일제 하인'을 한 명쯤 뒀으며 '18세기엔 런던의 젊은 여성 중 3분의 1이 하녀였다'라는 대목은 왠지 모르게 계속 마음에 걸렸다. 왜 지금까지 이런 생각을 하지 못했는지 스스로 의아할 정도였다. 이처럼 과거에 하인이 많았던 이유는 간단하다. 사람값이 쌌기 때문이다. 우리나라에서도 비슷한 일이 19~20세기 중반까지 지속됐다. 전쟁, 불경기 등을 거치며 살기 힘들어진 부모는 어린 여자아이를 돈 몇 푼 받고서 남의 집 식모로 팔아넘겼다. 여기서 오늘날 외국인 가사 노동자의 최저임금 관련 이슈가 따라붙는다. 가사 노동의 값을 덜 매겨 저렴하게 가사 노동을 '아래 인간(下人)'으로 떠넘기겠다는 것은 정계가 강조하듯 '새로운 해법'이 아니라 정의롭지 않다는 이유로 폐기된 오래된 방식이라 볼 수 있다. 과연 내가 최신 뉴스만 들여다보고 있었다면 이런 생각을 해볼 수 있었을까?

두 명의 심리학 전문가가 저장 강박자들의 이야기를 다룬 책 《잡동사니의 역습》을 읽으면서는, 저장 강박자들이 인형이며 영수증, 카펫, 사진 앨범, 빈 우유 팩 등을 잔뜩 쌓아두는 모습에서 오늘날 '디지털 저장 강박자'들의 모습을 떠올렸다. 우리는 통상 저장 강박이라고 하면 삶의 모든 의욕을 잃은 사람들을 떠올리곤 하는데, 두 저자는 오히려 저장 강박자들 가운데 상당수가 나태하다기보다는 지나치게 호기심이 많고 애정이 많다고 말한다. 모든 것을 똑같이 사랑하다 보니 무엇을 선택해야 할지조차 혼란스러워지는 것이다. 비록 직접적으로 물리적 공간을 차지하는 것은 아니지만, 이런 '모든 것에 대한 관심'은 디지털 저장 강박자들에게서 똑같이 드러나는 특성이다. 오늘날의 디지털 저장 강박자들은 언젠가 써먹을지도 모르기 때문에, 언젠가는 읽고 싶어질지도 모르기 때문에 끊임없이 인터넷에서 자료를 모으고, 기사를 북마크하고, 리트윗을 하고, PDF 파일을 쌓아둔다. 하지만 그것들은 마치 냉동실 깊숙이 처박혀 있는 검은 비닐봉지처럼 점점 정체를 알 수 없는 괴덩어리가 되어 몸집만 키워갈 뿐이다. 그렇게 열리지조차 않은 봉지는 고스란히 버려지고, 이들은 똑같은 것을 다시 모으기를 반복한다. 그나마 상황이 낫다면 이런 북마크와 자료들을 그때그때 폴더에 차곡차곡 모아두지만, 그것 역시 웬만해서는 실제로 읽히지 않는다. 마음만 먹으면 무엇이든 공짜로 포식할 수 있는 오늘날, 우리의 설익은 욕망이 뭉쳐진 검은 덩어리는 언제까지고 우리에게 죄책감 덩어리로 남을 뿐이다. 큰맘 먹고 수많은 북마크, 저장된 기사 가운데 의무감으로

가치 있는 텍스트를 전하는

어떤 것을 실제 보고 난 뒤 어떻게든 그에 대한 기록을 남기려는 것 역시 저장 강박의 연장선상이다. 그리고 이는 기록 전문가들의 기록법, 생각 정리법 등의 강의가 비싼 값에 팔리는 세태를 둘러싼 풍경이다. 하지만 한 번쯤 질문을 던져볼 필요는 있다. 그것들을 '기록'으로 남기려는 이유가 무엇인가?

무엇을, 어떻게 기록할 것인가

메모에는 반드시 불명확한 것만 쓴다. 명확한 것, 이미 알고 있는 지식, 공감되는 내용만을 반복해서 남기기엔 그 노력이 아깝다(때로 줄거리나 핵심 내용 요약 같은 건 그냥 남이 해둔 것의 링크를 가져다 붙이기도 한다). 어떤 책을 읽고서 화가 난 이유, 가장 물음표가 생기는 부분, 가장 저자와 불화하는 지점, 내 생각이 깨어진 문장, 기분이 엉망진창이 된 대목 등 '뭐지?' 싶은 부분을 찔러 들어간다. 그것이 토끼 굴의 시작이다. 거창하지 않더라도 막연하게 신경 쓰이는 부분, 그냥 재밌는 부분도 좋다.

문학평론가 김현의 《행복한 책읽기》는 말년의 읽기이자 일기다. 그는 이 일기에서 평론과 독서 메모를 뒤섞는데, 독서 메모의 경우 이런 식으로 명료하게 간추려진다.

블로크의 《봉건사회 1》에 나타나 있는 흥미 있는 생각 두 개:

1. 중세에서는 보행자가 말 탄 사람보다 이동 속도가 빨랐다. 그것은 도로 사정 때문이었다.

2. 봉건사회에서의 엄밀한 정신의 결여는 라틴어와 속어라는 두 언어 사이를 끊임없이 왔다 갔다 한 것 때문이다.

골드만에게서 눈에 띄는, 두 가지 비판할 점:

1. "한 작품의 기원을 그것에 앞선 작품들의 영향이나 그것에 대한 정황으로 설명할 수 있다고 생각하는 것은 대학의 편견이라고 우리들은 생각한다."

2. "에세로서는 힘 있지만 바슐라르의 작품은 과학적 작품으로 충분히 엄격하지 않은 것 같다." 그는 그것이 에세로서 왜 힘이 있는지를 탐색했어야 하지 않을까? 바슐라르가 엄격한 과학적 작품을 목표하지 않은 것을 비난하는 것은 몽테뉴에게 왜 수학 대계를 쓰지 않고 수상록을 썼느냐고 비판하는 것과도 같다.

　물론 이 글은 그의 다른 유려한 비평들에 비해 '일기'라는 형식이기 때문에 조금 더 단출하게 쓰였을 것이다. 다만 나는 일단 '혼자만 읽겠다'고 작정하고 쓰는 메모들은 이런 식으로 가장 간결하고, 가장 편견적이어도 좋다고 생각한다. 그것에 살을 붙여가며 구조화하는 것도 훌륭하고 대단한 일이지만, 나는 아무래도 읽고 난 직후 밀려 나오는 뼈다귀들

가치 있는 텍스트를 전하는

을 가장 사랑하게 된다. 쓰지 않고는 견딜 수 없어서 주변의 아무 '(분류를 정해두지 않은) 잡기장, 일기장'이라든지 '음료수 포장지 뒷면' 등에 휘갈기는, 불현듯 날아드는…… 그런 가장 단순한 메모들 말이다. 타인의 시선을 의식해 다듬고 살을 붙이고 외투를 입히기 전의 가장 개인적인 감정의 정수.

이런 글들은 대체로 편집자에게 보이고, 독자에게 보이기 위한 것만은 아니라는 점에서(물론 내게 당도한 텍스트들은 100퍼센트 자의에서든 타의에서든 공개가 된 것이긴 하지만) 일반적인 루트로 '책'이 되기 위한 '책' 속 글들과는 다른 차원이다. 일기-개인적 메모의 세상에서 필자는 예의를 전혀 차리지 않아도 되며, 가장 "괴팍"해질 수도 있다. 그런 순간의 글자들, 상념들(메모거리)을 모으기 위함이 아니라, 단순히 저자를 찬탄하고 책의 내용에 공감하며 문장을 외우기 위해서만 책을 읽는다면, 적어도 내게 있어선 그건 마치 햄버거 포장지를 만지기 위해 햄버거를 구입하는 것이나 마찬가지다.

빌렘 플루서는 《글쓰기에 미래는 있는가》에서 '새겨 넣는 쓰기(각명 문자)'에 대해 말한다. 쓰는 것은 곧 생각이다. 천천히 생각하고 싶으면 천천히 쓰고, 빠르게 생각하고 싶으면 녹음기를 켜면 되지만 대체로 녹음기를 켤 정도까지 생각이 활강할 일은 많지 않다. 쓰고서 한참 돌아다니다가 또 의자 앞에 앉아서 이리저리 생각을 이어간다. 어떤 생각은 어쩔 수 없이, 어쩌다보니 몸에 새겨진다. 그것이 곧 기억이다. 이렇게 내가 '기억'하기 위한 메모가 아닌 '기록'하는 메모에 전념하는 것이 바로 '인스피아'의 글을 쓸 때 '책상 앞에 앉아 원고 쓰기'를 제외한 모든 과정이라고 해도 무리가 아니다. 다만 아이러니한 점은, 이처럼 관찰하고 이리저리 돌려보며 궁리하고 헤매고 혼자서 주절주절 오랫동안 어떤 이상한 메모(누구도 보지 않을, 그리고 보지 않기 때문에 쓸 수 있는)를 엮어가다보면 결국은 그것이 자연스럽게 뇌리에 남아 언젠가는 적었던 메모를 소환해낼 수 있다는 것이다. 마치 여행을 떠났을 때 군이 사진을 많이 찍지 않더라도 가만히 몇 시간 동안 해변에 앉아 풍광을 구경했다면, 그때의 기억과 감상이 구체적으로 마음에 새겨지듯 말이다.

나는 읽은 것의 대부분을 잊는 극도의 건망증을 가지고 있다. 내가 쓰는 글은 겨우 내가 기억하는 것의 전부다. 나는 다음에 써먹을 글감을 대체로 남기지 못한다.

나의 글쓰기는 오늘만 산다. 나의 잘 잊는 뇌는 불필요하고 재미없는 글들, 만약 내가 쓸데없이 기억력이 좋았다면 내 글에 우스꽝스럽게 거대한 레이스를 달아주었을 인용문들을 자연스럽게 망각의 강으로 흘려보내는 기특한 일을 한다. 그렇게 나는 계속 읽고 무언가를 끄적인다. 내 손에는 언제나 연필이 들려 있다. 어떤 것이 기억에 새겨질지, 어떤 것이 망각될지는 일단 아무렇게나 무언가를 끄적여보기 시작

가치 있는 텍스트를 전하는

하지 않고서는 알 수 없는 노릇이다.

△ 뉴스레터 최종 작업 중인 사무실 책상 풍경. 이 '쓰기'는 1차 독서 메모를 거쳐, 2차 손글씨 노트 초안 작성에 이은 3차 단계다. 마지막 '레터 쓰기'를 거치지 않는다면 결과물은 나올 수 없겠지만, 대체로 이 모든 과정을 아우르는 핵심 동력은 1차 독서 메모를 기록할 때 느낀 흥분이다. 하지만 대부분 곧 까먹기 때문에 써놓은 것을 마지막까지 들추어 보면서 쓴다.

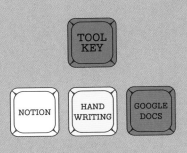

김지원

경향신문 뉴콘텐츠팀 기자로 인문교양 뉴스레터 '인스피아'를 발행한다. '읽는 재미'와 '한 끗 다르게 생각하는 재미'를 전하고자 '김스피'라는 닉네임으로, 책을 기반으로 한 뉴스레터를 2021년 8월부터 지금까지 연재 중이다. 단순히 책을 읽고 전달하는 것이 아니라 삶에 재미와 실용적 영감을 길어낼 수 있는 '해찰'의 읽기·쓰기를 추구한다. 그간 혐오, 노동, 환경, AI, 미디어 등을 주제로 140편이 넘는 뉴스레터를 발행했다.

인스타그램 @inspiain

가치 있는 텍스트를 전하는

EDITOR
002

"메모와 메모 사이를
산책하듯 누비며
지금 내게 필요한 것을
찾는다."

김혜원 · 캐릿 편집장

SPOT
TREND

Find

트렌드를 발견하는 기록법

최근 동료들과 이런 대화를 했다.

"주말에 독서 모임에 나갔는데, 에디터라고 했더니 어떤 분이 너무 멋있다고 막 박수 쳐주시더라고요. 그리고 끝나고 짐 싸는데 조용히 와서 물어보셨어요. 근데 에디터가 뭐 하는 직업이냐고."
"저도 그런 적 많은데. 우리 엄마도 아직 제가 정확히 무슨 일 하는지 잘 모르세요. 솔직히 한마디로 뭐라고 정의해야 할지 모르겠어요. 이것저것 하는 일이 워낙 많아서."
"에디터로 일하면 어디 가서 굶어 죽진 않을 거예요."
"대신 큰돈을 벌지도 못하겠지."

자조적인 농담으로 얼버무렸지만 사실 나는 에디터라는 직업을 무척 좋아한다. 일상을 관찰하고 그 안에서 재미있는 것을 찾아 이야깃거리를 만드는 일. 허무주의에 빠지거나 냉소하는 대신 기어코 의미를 만들어내는 일. 내가 하는 일이 그런 것이어서 좋다.

그러고 보면 에디터라는 직업은 일이라기보단 라이프 스타일, 습관에 가까운 것 같다. 퇴근하면 오프 모드가 되는 종류의 일은 확실히 아니다. 업무 시간이 아닐 때에도 항상 에디터 자아의 와이파이가 켜져 있어야 한다(사실 자동으로 켜진다). 주말에 누워서 넷플릭스를 보다가도, 성수동에서 데이트를 하다가도 이거 이야깃거리가 되겠다 싶으면 득달같이 채집해서 기록 주머니에 넣는다. 에디터에겐 '상관없는 일'이라는 것이 없다. 계속해서 새로운 이야깃거리를 만들어야 하기 때문에 세상에서 일어나는 모든 일에 기웃거린다. 그 반대인가? 아무튼.

무엇을 기록할 것인가

라이프 스타일이 이러하다보니 웬만한 에디터 출신들은 어디서든 살아남을 수 있는 생활력을 갖추고 있다. 세상 돌아가는 사정을 대략 알고 있고, 어떤 주제로도 대화가 가능하며, 누구와도 얼추 잘 지낼 수 있다. 현대사회에서 에디터의 라이프 스타일이 유리하다고 느낀 지점 중 하나가 릴스, 틱톡 같은 숏폼 플랫폼을 대할 때다. 많은 이가 숏폼 영상을 '적'으로 꼽는다. 개선이 필요한 현대인의 생활 습관 1순위로 '숏폼 그만 봐야지'가 늘 등장한다. 체감상 '운동해야지', '다이어트해야지'를 이긴 것 같다. 숏폼은 이제 유해하고 영양가 없는 콘텐츠, 시간 낭비의 대명사가 됐다.

사실 숏폼 안에도 유용한 정보들이 있다. 최측근 중에 숏폼 영상을 정말 생산적으로 이용하는 동료가 있는데, 예를 들어 이런 식이다. 출퇴근을 같이해서 평소에 무슨 음악을 듣는지 대략 알고 있었는데, 처음 듣는 음악을 틀길래 "이 노래 되게 좋다. 어디서 찾았어?"라고 물었더니 "릴스 배경음악이 좋아서 저장해놨어"라고 답한다. 비주얼 콘셉트를 정하는 회의에 매번 참신한 레퍼런스를 가져오길래 비결이 뭐냐고 물었더니 해외 틱톡에서 봤단다. 비슷하게 숏폼 영상으로 시간을 보내지만 아웃풋이 전혀 다른 것이 재밌다. 누군가에겐 중독이자 낭비지만 누군가는 그 안에서 필요한 정보를 쏙쏙 건져내고 있는 상황. 그 차이는 어디에서 올까. 아마도 그가 평소에 수많은 정보 속에서 자신에게 필요한 것을 골라내는 훈련을 해왔기 때문일 것이다. 직업 특성상 수많은 자료와 트렌드를 접하면서 무엇을 기록하고 무엇을 버려야 하는지 빠르게 판단해왔을 테니까. 동묘 빈티지 마

트렌드를 발견하는

켓에서 감각적으로 보물을 건져내는 이들처럼.

나는 정보를 얻는 창구를 다양하게 두는 방식으로 콘텐츠 기획 아이템을 발굴한다. 의도적으로 새로운 플랫폼을 경험하고, 새로운 사람을 사귀고, 모임에 나간다. 특히 오프라인 경험을 놓치지 않기 위해 신경을 많이 쓴다. 온라인으로 모든 것을 '대체'할 수 있는 시대라지만 자세히 들여다보면 '일부' 기능을 '대체'하는 것일 뿐 실제와는 다르기 때문이다. 오프라인에서만 경험할 수 있는 우연한 발견도 있다. 트렌드 미디어에서 일하기 때문에 SNS에서 폭발적인 인기를 끄는 장소인 일명 '핫플'을 자주 찾아다니지만, 돌이켜보면 정작 내 삶이나 작업물에 결정적으로 영향을 준 공간은 우연히 '자만추'를 통해 만난 카페나 술집이었다. 제주도에서 내가 가장 좋아하는 카페는 리뷰 몇 개 없는 온라인 사각지대에 있던 공간이고, 태어나서 먹어본 만두 중 가장 맛있는 만두를 파는 우리 동네 식당은 아직 유튜브나 방송에 소개되지 않아 소수의 단골만 찾는 곳이다.

이런 일도 있었다. 친구와 성수역에서 만나 밥을 먹고 카페에 가기로 했는데 친구가 이십 분 정도 늦는다며 어디 들어가 기다리라고 했다. 평소 프랜차이즈 카페를 즐겨 이용하지 않지만 멀리 이동하기도 시간이 애매하고, 어차피 친구와 만나면 느낌 좋은 개인 카페에 갈 것이었으므로 역 근처 프랜차이즈 카페에 들어갔다. 옆자리에는 20대 초반으로 보이는 커플이 앉아 있었는데 그들의 대화가 흥미로웠다. "A 카페 웨이팅 몇 분 남았어? 소금빵 품절되면 안 되는데. 걱정이다." 원하는 카페에 가기 위해서 줄서기 앱에 대기를 걸어놓고, 저가 커피 매장에서 시간을 때우고 있는 듯했다. 재밌네. 카페에 가기 위해 카페에서 웨이팅을 하다니. 그러고 보니 주변에 그 커플과 비슷한 상황으로 추정되는 손님이 꽤 있었다. 유명 식당의 입장 차례를 기다리거나 팝업 스토어 예약 시간을 확인하는 사람들. 핫 플레이스에 방문하기 전에 보내는 시간, '웨이팅'이 디폴트인 시대임을 체감했다. 이 지루한 시간에 좋은 경험을 제공하는 브랜드가 살아남겠구나. 웨이팅도 마케팅에 활용할 수 있겠다고 생각해, '팝업 춘추전국시대에 웨이팅 마케팅을 잘하는 브랜드가 승리한다'는 내용의 콘텐츠로 발전시켰다. 어떻게 보면 당연한 이야기지만 주말에 사람 많은 성수동에 가지 않았으면 떠올리지 못할 아이디어였다.

이런 아이템을 꾸준히 발굴하기 위해서 온라인 생활과 오프라인 생활의 비중을 오 대 오 정도로 유지하려고 노력한다. 물론 이상이 그렇다는 이야기고 마감에 쫓겨 노트북 앞에 앉아 있느라 지키지 못할 때가 더 많긴 하지만, 에디터로서 양질의 소재를 확보하려면 온라인 세상에 갇히지 않아야 한다는 사실을 잊지 않으려고 한다. 그러고 보면 에디터의 라이프 스타일은 특정 직무에만 필요한 것이 아니라 현

트렌드를 발견하는

대사회를 살아가기 위한 기본기 같은 것일지도.

어디에 기록할 것인가

무엇을 기록하는지만큼이나 중요한 것이 어디에 기록하느냐다. 재료를 신선하게 보관하고, 필요할 때 신속하게 꺼내 쓰는 것도 능력이니까. 일단 고백부터 하자면 나는 기록을 많이 하는 사람이지 체계적으로 하는 타입은 아니다(이 대목에서 수많은 J 유형의 독자가 다음 챕터로 점프할 것으로 예상된다. 안녕히 가십시오. 여러분은 멋진 기록자입니다).

너무 완벽한 규칙과 체계를 세워놨을 때 오히려 정말 중요한 것을 놓치는 경험을 자주 했다. 멋진 노트를 한 권 산다. 이제부터 책을 읽다가 좋은 문구를 발견하면 여기다 필사해야지. 나만의 기록 규칙을 세운다. 며칠 뒤 퇴근길에 책을 읽다가 엄청난 문장을 발견한다. 아차, 그런데 노트를 집에 두고 왔다. 일단 표시만 해두고 집에 가서 해야지. 기록을 미룬다. 막상 집에 도착하니 침대에 눕고 싶고 노트를 펼치기도 귀찮다. 그렇게 기록되어야 할 문장은 기억에서 잊힌다. 차라리 해당 페이지를 사진으로 찍고 인스타그램 스토리에 올렸으면 잊히진 않았을 것이다. 특히 우리는 알고리즘의 시대를 살고 있기 때문에 기록하는 '타이밍'이 더욱 중요하다. 인스타그램 릴스에서 분명히 괜찮은 아이템을 봤는데, 다시 찾으려니 안 보이는 경험. 다들 해봤을 것이다. 그래서 '캡처', '좋아요', '저장'을 습관화해야 한다. 참고로 요즘은 세상이 좋아져서 웬만한 플랫폼은 내가 '좋아요' 누른 콘텐츠를 모아서 보여주는 기능을 제공한다.

△ 인스타그램에서도 설정 탭 〉 내 활동 〉 좋아요에 들어가면 내가 '좋아요' 누른 게시물만 모아 볼 수 있었다.

트렌드를 발견하는

언제부터인가 기록을 한곳에 예쁘게 모아야 한다는 강박을 버렸다. 방식에 유연성을 두고 일단 기록하는 데 의의를 둔다. 필요하면 나중에 다시 모아서 정리하겠다는 마인드여야 포기하지 않고 기록 생활을 유지할 수 있다. 손으로 쓰는 노트, 스마트폰 앱, 구글 워크스페이스(구글 문서, 구글 스프레드시트 등) 등등. 온갖 곳에 병렬식으로 기록을 남겨둔다. 그리고 아이디어가 필요할 때 메모와 메모 사이를 산책하듯 누비며 지금 내게 필요한 것을 찾는다. 사실 이 산책 과정을 꽤나 즐긴다. 타인이 나의 아카이브 세상에 들어온다면 내내 헤매기만 하다가 아무것도 얻지 못하고 나갈 확률이 높지만, 창조자인 나는 어디에 무엇이 있는지 대충 알기 때문에 여유롭다. '러닝 관련 레퍼런스가 필요하니 이쪽으로 슬슬 걸어가면 되겠군' 하는 식으로 아이디어를 발전시켜나간다.

무질서 속에도 질서가 있다고, 물론 나름의 느슨한 규칙이 있긴 하다. 텍스트 노동자의 장점은 인터넷만 터지면 어디서든 일을 할 수 있다는 것이다(장점 맞나?). 예전에는 노트북에 외장 하드에 충전기, 마우스까지 바리바리 싸 들고 다녔는데, 요즘에는 거의 가지고 다니지 않는다. 앞서 말했다시피 에디터에게 작업과 기록은 라이프 스타일이고, 라이프 스타일에 필요한 도구는 몸의 일부처럼 지니고 다녀야 하는데, 그러기엔 노트북도 태블릿도 꽤 거추장스럽다. 대신 모든 작업을 동기화가 가능한 툴에서 한다. 이전엔 강경 '흔글

hwp'파였지만 이젠 원고도 구글 문서에 쓴다. 어느 기기에서든 내 계정에 로그인만 하면 이전에 하던 작업을 바로 이어서 할 수 있는 환경을 구축해두었다. 덕분에 단골 치킨집 사장님의 컴퓨터를 빌려서 작업하기도 하고, 공원 벤치에 앉아 스마트폰에 블루투스 키보드를 연결해 일을 하기도 한다.

스마트폰을 통해 보는 자료가 압도적으로 많다보니 아카이빙을 할 때는 주로 모바일 앱을 활용한다. 이때 중요하게 생각하는 조건 중 하나가 'PC와 연동이 되느냐'다. 캡처한 기록을 저장할 때는 모바일 앱이 편하지만, 본격적으로 콘텐츠를 만들 때는 PC 작업을 해야 하기 때문에 PC 연동 기능이 필수다. 노션, 구글 워크스페이스, 에버노트 등등. 모바일과 PC 사이의 연동 가능한 툴은 이미 많다. 또 일정 기록 앱, 독서 기록 앱, 일기 앱 등등 새로운 기록 앱도 꾸준히 출시된다. 나는 새로운 툴이 나오면 일단 구경이라도 해본다. 새 노트를 사면 괜히 공부가 하고 싶어지는 것처럼 도구를 바꾸면 확실히 기록 에너지가 리프레시되기 때문이다.

최근 가장 애용하는 툴은 '구글 킵Google Keep'이다. 구글 문서나 구글 스프레드시트에 비해 상대적으로 덜 유명한 툴인데 메모 아카이빙용으로 꽤 괜찮다. 기본 기능은 대부분의 기록 툴과 비슷하다. 텍스트, 이미지, 음성 메모를 저장할 수 있고 메모의 종류에 따라 라벨링을 해서 볼 수 있다. 내가 생각하는 구글 킵의 장점은 저장된 메모를 다시 열어

트렌드를 발견하는

보는 단계에서 발휘된다. 일단 개별 메모를 클릭하지 않아도 내용과 섬네일 이미지가 한눈에 보여서 편하다. 마치 핀터레스트 보드를 보듯 내가 남긴 메모를 한 번에 훑어볼 수 있기 때문에 기획안을 쓰거나 아이디어를 구체화할 때 유용하다. 그리고 무엇보다 구글 킵은 다른 메모 앱에 비해 가볍고 빠르다. 나는 기록 앱을 포털처럼 사용하기 때문에 검색할 때가 많은데, 대부분의 기록 툴은 메모 양이 많아지면 그와 비례해서 느려지는 바람에 불편했다. 그런 면에서 구글 킵은 상당히 만족스럽다. URL을 넣으면 일 초 만에 미리 보기 섬네일이 생성되고, 저장된 이미지를 다시 불러오는 것도 일 초면 된다. 텍스트를 넣어 이전 메모를 찾는 작업도 매끄럽다. 이것이 구글의 기술력인가.

◁ 나의 스마트폰 바탕화면.
용도에 따라 다양한 기록 툴을
번갈아가면서 쓴다.

구글 킵 PC 버전의
기본 화면. ▷

기록은 어떻게 콘텐츠가 되는가

자, 이제 정말 중요한 과정이 남았다. 파편적인 기록을 조
립(혹은 조리)해서 세상에 내놓아야 한다. 이때 나는 주로 종이
노트를 선호한다. 타인이 만든 작업물이나 참고 자료를 보관
할 때는 온라인이 편한데, 내 생각을 정리할 때는 손으로 쓰
고 구조를 그려보는 작업이 꼭 필요하다. 얼핏 낙서하는 것처
럼 보이는 이 작업은 크게 두 가지 갈래로 나뉜다. 하나는 각
기 다른 사례의 공통점을 찾아 같은 주제로 묶는 작업이고,
다른 하나는 관성적으로 뭉뚱그려놓은 묶음 사이에서 차이
점을 찾아 선을 긋고 분류하는 작업이다. 아래에 예시와 함께
각각의 작업을 설명해봤다.

트렌드를 발견하는

공통점 찾기

이 작업은 일단 최근에 발견한 흥미로운 아이템에서 시작한다. '랜덤 타투'라는 문화가 있다고 한다. 말 그대로 타투 도안을 랜덤으로 결정하는 것인데, 주사위를 굴려서 나온 숫자에 해당하는 도안으로 타투를 받는 식이다. 지워지지 않는 타투 도안을 랜덤으로 결정한다니. 어떻게 그럴 수 있지? 누군가는 평생 고민할 만큼 중요한 문제를 랜덤으로 고르는 행위가 자유롭고 낭만 있게 여겨지기 때문이란다. 이 아이템을 콘텐츠로 어떻게 소개하면 좋을까. 노트에 랜덤 타투와 관련한 키워드를 자유롭게 써본다.

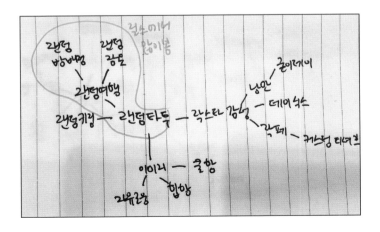

키워드를 나열해놓으니 랜덤 타투 말고도 최근에 '랜덤'이라는 속성을 이용한 놀이가 여러 차례 유행했다는 게 보였다. 전국 지도에 볼펜을 던져서 볼펜이 찍힌 곳으로 떠나는 '랜덤 여행'. 숙소의 방을 랜덤으로 배정하는 '랜덤 방 배정'. 각자 친구에게 선물할 이색 잠옷을 사 와서 랜덤으로 나누어 입는 '랜덤 잠옷 선물하기'. 여기서 에디터는 랜덤 놀이가 유행이라는 사실을 감지한다. 이것이 콘텐츠가 되려면 이제 독자를 설득해야 한다. 왜 갑자기 '랜덤'이 유행이 됐지? 사람들은 왜 랜덤 놀이를 하면서 즐거워하지? 각 사례의 속성을 분석하고 그 안에서 공통점을 찾아본다.

- 일단 각 소재는 숏폼 영상으로 찍었을 때 재미있다는 공통점이 있다.
- 이전에는 당연히 계획적으로 하던 일들이다.
- 계획적으로 하던 일을 랜덤으로 하기 때문에 '일탈감'이 생긴다.
- 랜덤을 통한 일탈이 또래 집단 사이에서 자유롭고 낭만적인 행동으로 통하기 때문에, 랜덤 놀이는 이를 기록해서 남들과 공유하고 싶은 욕구를 자극한다.

→ 아, 사람들은 랜덤 놀이를 통해 생기는 일탈감과 자유롭고 낭만적인 이미지를 좋아하는구나.

이렇게 공통점 찾기를 통해 유행의 이유와 그 속에 숨은 욕망을 읽을 수 있다. 참고로 공통점 찾기를 집요하게 할수록 깊이 있는 콘텐츠가 된다. 또 다른 공통점은 없나? 각도를 바꿔가며 분석하는 과정이 필요하다.

- 또 하나의 공통점은 '감당 가능한 일탈'이라는 점. 실패해도 큰일이 일어나지 않는다.
- 랜덤, 일탈을 추구하는 것처럼 보이지만 사실은 실패해도 괜찮은 범위 안에서 자유롭고 즉흥적인 소비를 한다.

→ Z세대의 가치관을 '일탈', '낭만'으로 납작하게 해석해서는 안 되겠구나. '놀이'의 범위 안에서 '랜덤'을 지향할 뿐이구나.

표면적인 공통점만 가지고 분석했을 때 발생할 수 있는 성급한 일반화의 오류를, 집요한 공통점 찾기를 통해 방지할 수 있다. 대부분의 콘텐츠가 이런 기록들을 거쳐 탄생한다. 기획안을 쓸 때도 노트북 화면을 보는 시간만큼이나 노트를 들여다보는 시간이 길고, 팀원들과 기획 회의를 할 때도 계속 노트에 무언가를 끄적이면서 듣는다.

차이점 찾기
반대로 '차이점 찾기' 작업을 통해 콘텐츠를 만드는 경우도 있다. 몇 시간 뒤 기획안을 제출해야 하는데 아무 생각도

나지 않을 때, 나는 폴더링을 한다. 기록 폴더를 열고 아이템을 종류별로 분류하는 단순 작업이다. 이건 '밈', 이건 '10대 라이프 스타일', 이건 '마케팅 레퍼런스'. 그러다보면 번뜩 이런 생각이 들 때가 있다. A랑 B를 같은 폴더에 넣는 게 맞나? 기획은 여기서 출발한다. 내가 일하고 있는 미디어 '캐릿'에서 발행한 '될놈될부터 원영적 사고까지, 밈으로 보는 Z 세대의 가치관' 콘텐츠도 그렇게 기획됐다. 너무 많은 유행어가 생기고 빠르게 사라지기 때문에 단순히 유행어를 소개하는 것만으로는 파급력 있는 콘텐츠가 되기 어렵다. 기획 회의에서 밈을 집중 조명해 다루는 일도 많지 않다. 그런데 팀원 지혜가 올해 유행한 밈과 10년 전 유행한 밈 사이의 차이점을 발견한다.

> "10년 전 〈무한도전〉 시절만 해도 '될놈될'('될 놈은 뭘 해도 되고, 안 될 놈은 뭘 해도 안 된다'의 줄임말), '우린 안 될 거야 아마' 같은 부정적인 유행어가 많았거든요. 근데 요즘 유행어들을 보면 '원영적 사고'도 그렇고 '오히려 좋아'도 그렇고 긍정적인 메시지가 많은 것 같아요."

곧 잊힐 유행어로 취급해 넘어가지 않고 집요하게 차이점을 찾아낸 덕분에, Z 세대의 대세 가치관이 '자조'에서 '긍정'으로 변했음을 발견할 수 있었던 사례다.

트렌드를 발견하는

곧 변할 트렌드를 기록하는 일의 의미

트렌드 미디어를 론칭한 지도 어느덧 5년이 다 되어간다. 몇 년 전에 쓴 콘텐츠를 팀원들과 다시 보며 새삼스럽게 놀랄 때가 많다. "와, 이런 게 트렌드일 때가 있었어요." 몇 년 전까지 갈 것도 없다. 6개월, 한 달 전 콘텐츠만 다시 봐도 그 아이템을 처음 소개한 시점과는 상황이 많이 달라졌음이 체감된다. 그래서 작년 초 캐릿 서비스를 리뉴얼하면서 '트렌드 라벨' 시스템을 도입했다. 독자들이 이 트렌드가 아직도 유효한지 쉽게 알아볼 수 있도록 제목 옆에 라벨을 달아주는 것이다. '유행 예감', '유행 중', '유행 지남'. 나는 이 라벨의 상태를 주기적으로 점검하고 수정하는 역할을 맡고 있는데 공들여 쓴 콘텐츠의 라벨을 '유행 지남'으로 바꿀 때 기분이 묘하다. 솔직히 좀 아깝다.

그렇다. 트렌드에는 '유효기간'이 있다. 잘 쓴 문학작품은 세월이 지나도 그 가치를 인정받지만, 트렌드 콘텐츠는 놀라울 만큼 새롭다고 박수를 받다가도 금세 빛을 잃어버린다. 소재의 특성이 그렇다. 곧 변할 트렌드를 기록하는 일의 의미가 뭘까. 앞서 말했던 것처럼 나는 에디터이고, 에디터는 허무주의에 빠지거나 냉소하는 대신 기어코 의미를 만들어내는 직업이므로, '의미'에 대한 이야기로 글을 마치려고 한다.

트렌드를 이야기할 때 종종 이런 반응이 돌아오곤 한다.

△ '캐릿'의 트렌드 라벨.

"이거 진짜 트렌드 맞아요? 저는 처음 듣는데?" 사람들은 무엇을 트렌드라고 체감할까. 정량적인 수치는 의외로 설득력이 별로 없다. 명확한 통계자료를 근거로 가져가도 도무지 설득되지 않는 상사를 다들 한 번쯤은 경험한 적 있을 것이다. 구독자 수백만 명이 넘는 유튜버의 영상에 이런 댓글이 달리는 것도 같은 맥락이다. "알고리즘에 떠서 처음 봤는데, 이 사람 구독자가 왜 이렇게 많은 거예요? 이해가 안 되네." 인간은 본능적으로 내가 경험한 것만큼만 이해하고 받아들인다. 그런데 대부분의 트렌드는 경험해본 적 없는 새로운 것이고 새롭기 때문에 낯설고 불편하다.

'나 저 사람 생전 처음 봤어'가 아니라 '트렌드 소개하는 매체에서 한 번 봤어'가 될 수 있다면 우리가 소개하는 트렌드를 통해 무언가를 아직 경험하지 못한 사람들의 경계심이 허물어질 수도 있지 않을까. 트렌드에서 뒤처졌다는 조롱을 받지 않고, 새로운 문화를 안전하게 탐색할 기회를 주고자 만들어진 서비스가 캐릿이다.

트렌드를 발견하는

캐릿을 처음 시작할 때만 해도 트렌드를 소개하는 미디어가 많지 않았고, 트렌드를 공부하는 문화도 자리 잡지 않았었다. 5년이 지난 지금은 '세상에 내가 모르는 트렌드가 있을 수도 있다'고 자연스럽게 받아들이는 사람이 늘어난 것 같다.

모든 트렌드를 다 알 수도 알 필요도 없다. 유행이나 밈을 달고 사는 사람만을 트렌디하고 능력 있다고 생각하지 않는다. 대신 내게 필요한 트렌드를 제때 찾아서 알차게 써먹는 사람이 '일을 잘한다'는 평가를 받는다. 우리 기록의 의미 중 하나는 여기에 있을지도.

마지막으로 기록과 아카이빙에 미친 사람의 시선으로 트렌드 기록의 의미를 찾아볼까. 트렌드는 결국 시간이 지나면 잊히거나 사라질 수도 있다. 하지만 누군가가 기록으로 남겨두면 세상이 변화하는 방향을 가늠하는 데 큰 힌트가 될 것이다. 우리가 그 '누군가'에서 '누'를 맡았다고 생각한다. 단순히 유행을 나열하는 일회성 자료를 만드는 것이 아니라 그 시기만의 고유한 감성, 사고방식, 그리고 사회적 맥락을 담은 기록을 남기는 일. 그것이 우리의 일이라고 믿으면서 매 순간을 기록하고 있다.

◁ 거실에 놓인 커다란
테이블에서 노트, 일기장,
메모지 등등 다양한 기록
도구를 늘어놓고 보내는 시간을
좋아한다. 아무리 중요한
일이라도 끝나고 나면 얼마
지나지 않아 허무한 것이 되어
버린다는 걸 이제는 안다. 기록한
만큼이 내 인생이다.

트렌드를 발견하는

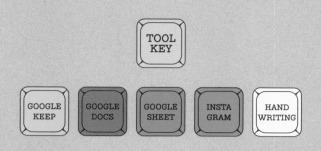

김혜원

11년 차 에디터이자 작가. 주간지 《대학내일》에서 글을 썼고 지금은 트렌드 미디어 '캐릿' 의 편집장으로 일한다. 사람들이 지금 '무엇을' '왜' 좋아하는지, 단순히 유행을 좇는 일에 서 나아가 시대가 원하는 것을 읽을 수 있도록 안내한다. 항상 노트를 들고 다니며 매일 일 기를 쓰는 기록 광인. 기록을 통해 '내 인생을 내 마음대로 기억하고 편집할 권리'를 누리고 있다. 에세이 《어젯밤, 그 소설 읽고 좋아졌어》, 《작은 기쁨 채집 생활》, 《달면 삼키고 쓰면 좀 뱉을게요》, 《주말의 캠핑》, 《나를 리뷰하는 법》 등을 썼다.

인스타그램 @cerulean_woonee

EDITOR
003

"본 것은 달아나지 않는다."

도현정 · 폴인 팀장

MAKE
CHANGE

Print Screen

변화를 만드는 기록법

기록법? 이 주제로 내가 글을 써도 되는 걸까. 제안을 받고 잠시 고민했다. 나는 성실한 기록자가 아니다. MBTI로 따지면 PPPP인 성향이라 연초에 다이어리를 사도 쓰는 건 길어야 두어 달이었다. 수첩이든 에버노트든 한 가지 방식으로 '꾸준히' 기록하는 업계 동료들이 늘 부러웠다(대표적인 예가 이 책의 공동 저자인 손현 에디터다). 그러다 30대 후반이 되어 있는 그대로의 나를 받아들였고(포기했다는 얘기다), 다이어리도 수첩도 더는 구매하지 않았다. 이렇게 기록에 게을러도 에디터로 일할 수 있을까? 이 질문에 대한 답을 풀어보려고 한다.

변화를 만드는

기록은 필수? 본능 따라도 괜찮아

첫 직장은 은행이었다. 만 7년을 다니고 나와 두 번째 직업을 고민할 때, 30년 인생을 돌아봤다. 내가 꾸준히 한 게 뭐가 있지? 주어진 일은 열심히 했지만 주체적인 활동은 별로 없었다. 직접 하는 것보다 보는 것을 좋아하는 성향이라, 취미라고는 독서와 영화 감상, 스포츠 보기, 여행이 다였다. 하다못해 트위터 닉네임도 '구경'이었다. 동아리 활동이나 사이드 프로젝트 또한 당연히 전무했다. 호기심은 많았지만 진득하지 못했다. 빈곤한 여가 생활을 뒤적거리다 겨우 하나가 떠올랐다. 누가 시키지 않아도 숨 쉬듯 계속한 것(여러분도 떠올려보시라). 왜인지 입 밖으로 꺼내기 창피했지만 그것은 바로 'SNS'였다. SNS라니 그 역시 기록이 아닌가 하고 되묻는다면 내가 해온 SNS는 성격이 조금 달랐다.

내게 SNS는 중독성 있는 취미 생활이자 감정과 인풋의 배출구였다. 미래를 위한 목적 있는 영감 수집 혹은 기록이 아니었다. 초등학생 시절 가입한 PC 통신 서비스부터 다음 카페, 프리챌 커뮤니티, 네이버 홈페이지(블로그 전에 홈페이지란 기능도 있었다)에 이어 싸이월드를 거쳐 페이스북, 인스타그램까지. 새롭게 론칭한 SNS는 매번 홀린 듯 써봤다. 내향형인 나는 오프라인에서 대화하는 것보다 온라인에서 문자로 이야기를 풀어내는 게 편했다. 그 어떤 분야에서도 얼리 어답터인 적이 없었는데, SNS 세계에서 난 얼리 어답터였다. 유튜브 외에 내가 진출하지 못한 SNS는 없었다. SNS를 가장 활발히 하던 때는(사실 늘 활발했지만) 은행원 시절이었다. 회사 일은 재미가 없는데 복지 제도가 좋은 대기업이라 그만두지 못하고 정체돼 있었다. 내가 원하는 게 뭔지 나조차 모르는 시기였다. 그때 매일 네이버 블로그에 글을 썼다. 블로그는 '순간'과 '위로', '본능' 세 카테고리로 운영했다. '순간'은 일기, '위로'는 당시 내게 위안이 된 콘텐츠 리뷰, '본능'은 여행 기록이었다. 약 10년간 하루에도 몇 개씩 글을 남겼는데 이것이야말로 본능적인 생존 활동이었다. 쓰지 않고서는 견디기 어려웠기 때문이다.

글쓰기는 신기하다. 쓰다보면 응어리진 마음이 풀어졌고, 머릿속이 정돈되는 느낌이었다. 내 일상을 객관적으로 바라보게 됐고, 이성적으로 다음 스텝을 떠올릴 수 있었다. 그날그날 느낀 감정과, 이 삶이 아니라면 나는 어떤 삶을 원하는지 빈 스케치북에 그림 그리듯 자유롭게 끄적여봤다. 7년쯤 하다보니 조금씩 용기가 생겼다. 약 천 개의 글이 쌓였다. 기록을 위해 기록했다면 불가능한 아카이빙이었다. 쓸 때는 몰랐다. 돌아보니 인생의 항로를 크게 바꾸는 역할을 했다. 놀랍게도 쓰는 대로 살게 됐다. 그사이 전업과 관련한 인풋도 많았다. 《나는 작은 회사에 다닌다》, 《인생학교 - 일》같은 책을 읽으며 직업 인생엔 수많은 선택지가 있

변화를 만드는

다는 것을 알게 됐고, 시야가 넓어졌다. 사진작가 구본창의 인터뷰도 감화된 인풋 중 하나였다. '노래방에 가자'는 소리에 소름이 돋을 정도로 내향적인 그는 잘나가던 대기업을 과감하게 그만두고 예술가로 성공했다. 이렇게 용기 있는 사람들의 레퍼런스를 머릿속에 차곡차곡 쌓아나갔다.

하지만 콘텐츠 업계에 들어온 후 블로그 쓰기는 멈췄다. 업이 업이다보니 개인적인 기록을 위해 문장을 짓는 일이 피곤하게 느껴졌다. 요즘은 좋은 콘텐츠를 보면 캡처 후 인스타그램 스토리에 올린다. 스토리는 24시간 동안 팔로워에게 노출됐다 사라진다. 계정주는 과거에 올린 스토리를 다시 찾아볼 수 있지만 나는 그런 적이 거의 없다. 그렇다면 인스타그램 스토리는 왜 올리는가. 첫째, 좋은 것을 공유하고 싶은 마음 때문이다. 같이 보고 싶고, 널리 퍼졌으면 하는 콘텐츠가 업로드 대상이다. 둘째, 영구적으로 기록하지 않아도 일단 한 번 보고 읽은 이야기는 어떤 방식으로든 남기 때문이다. 디자이너 정구호의 '폴인' 인터뷰에서 가장 공감이 갔던 대목이 있다.

Q. 그렇다면 감각을 단련하는 비결은요?

앞서 철학을 가져야 한다고 했지만, 그럼에도 세상이 어떻게 흘러가는지는 알아야 합니다. 다만 트렌드는 '정보'의 영역에 두고 자기 방식대로 가야죠. 저는 메모를 하지 않아요. 메모를 하면 그 틀에 갇히는 것 같거든요.

나도 메모를 필수로 하진 않는다. 강렬한 인사이트를 접하더라도 여유가 있을 때만 SNS 채널 중 어딘가에 기록한다. 아카이빙하는 채널도 정해져 있지 않다. 즉 나를 위한 기록은 내키는 대로 최대한 편한 방식으로 한다. 그러다보니 기록하고 싶은 인풋 열 개가 있다면, 그중 한 개가 저장될까 말까 하는 수준이다. 대부분은 보고 읽고 인스타그램 스토리로 공유하고 끝낸다(물론 공유를 하루에도 몇 번씩 하긴 한다). 그런데 이 공유 과정이 신기하다. 기록하고 싶은 내용은 혼자 보고 지나칠 때보다 사람들에게 공유할 때 머릿속에 각인된다. 그리고 공유한 콘텐츠의 반응이 좋으면 그 각인이 더 선명해진다. 내겐 이거면 충분하다.

사진작가 구본창의 인터뷰처럼 오래 기억하는 레퍼런스도 있지만 대부분은 잊힌다. 하지만 잊었다고 생각한 것도 사실 우리 뇌에 저장된다는 걸 연차가 쌓이며 깨달았다. 시간이 흐른 뒤에도 아이데이션을 하면 놀랍게도 뇌는 잊힌 줄 알았던 정보를 불러낸다. 그리고 무의식의 영역에 가라앉은 정보도 장기적으로는 나의 관점을 형성하는 기반이 됐다. 게으른 기록자로서 나는 확신한다. 본 것은 달아나지 않는다.

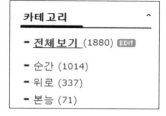

△ 10년간 네이버 블로그에
남긴 기록.

▷ 인스타그램 스토리로
각종 인풋을 캡처해
기록한다.

기록 습관보다 중요한 건 인풋 습관

에디터로서 기록에는 게으른 편이지만, 다행히 콘텐츠
업계의 정보 수집에는 오래전부터 적극적이었다. 이것 역
시 본능적이었다. 누가 시킨다고 관심 없는 분야의 정보를
꾸준히 접하긴 어렵다. 학부 시절 내 전공은 경영학이었다.
상경대 도서관에는 회계사 시험이나 행정 고시를 준비하는
사람이 대부분이었다. 그들은 재무용 계산기를 두드리고,

나는 그 속에서 혼자 《씨네21》과 《스크린》의 페이지를 부지런히 넘겼다. 그리고 독립영화관에 가서 신작을 챙겨 보고 블로그에 후기를 썼다(이때는 10년 뒤에 콘텐츠 전성시대가 올 줄 상상도 못 했다).

졸업 후 브랜드 마케팅이 하고 싶었지만 일이 뜻대로 풀리지 않아 은행에 들어갔다. 지점에서 일할 때는 쉬는 시간마다 휴게실에 누워 트위터를 들여다봤다. 주로 출판사, 문화예술 업계 사람들을 팔로잉했다(이때 경제계 인물들을 팔로잉했다면 은행원으로 성공했을 거다). 본점으로 근무지를 옮긴 후에는 아침마다 출판사가 다음 카페에서 연재하는 국내 소설을 챙겨 봤다. 주말에는 일간지 문화면을 읽었다. 덕분에 은행을 떠나 출판사로 갔을 때 업종이 완전히 바뀌었지만 회의에서 언급되는 저자 이름을 알아들을 수 있었다. 업계 트렌드를 따로 익힐 필요가 없었던 거다.

새 업계에 빠르게 적응한 나는 운 좋게 신규 팟캐스트 기획 업무를 바로 맡게 됐다. 어렵고 지루하다고 느낄 수 있는 고전 인문학을 최대한 쉽고 재밌게 풀어내야 하는 프로그램이었다. 진행자를 찾다가 팝 칼럼니스트 김태훈을 떠올렸다. 영화평론가 이동진과 함께 진행한 SBS 〈접속! 무비월드〉의 '영화는 수다다' 코너에서 유쾌하고 재치 있는 모습이 인상적이었다. 동료들은 "김태훈 씨가 출판사 고전 팟캐스트를 할까?" 의문을 표했지만 놀랍게도 섭외가 됐고, 그의

변화를 만드는

캐릭터와 우리가 만드는 콘텐츠는 맞춤옷처럼 잘 맞아떨어졌다. 덕분에 팟캐스트 〈책보다 여행〉은 당시 팟빵과 네이버 오디오클립에서 인문학 분야 상위권에 올라 신간 독자를 미리 확보할 수 있었다.

에디터는 작가가 아니다. 글을 직접 쓰는 일도 있지만, 콘텐츠 기획자에 가깝다. 사람과 사람, 콘텐츠와 사람을 연결하는 매개체 역할을 한다. 에디터로서 남들이 다 하는 수준에서 벗어나 신선하고 널리 회자되는 기획을 하려면? 우선 내가 보는 정보의 양이 많아야 한다. 그래서 기록보다 중요한 건 무언가를 꾸준히 보는 습관이다. 인풋이 습관화되면 기획할 때 두 가지 레이더가 작동한다. 과거부터 누적된 정보에서 바로 아이디어를 끄집어낼 수도 있고, 일상에서 숨 쉬듯 접한 콘텐츠에서 지금 필요한 아이템이나 인물을 발견할 수 있다.

앞서 언급한 디자이너 정구호는 과거부터 누적된 인풋에 해당하는 분이었다. 대학 시절 그가 프로덕션 디자인을 담당한 영화 〈황진이〉를 보며 그 미감에 감탄했고, 2010년 패션 다큐 〈Kuho: Behind the Scenes from Seoul to New York〉을 극장에서 챙겨 봤는데 그의 직업의식이 멋있었다. 전업 후 폴인 에디터가 되어 인터뷰이를 찾을 때 그의 이름을 자주 언급했고 결국 인터뷰까지 성사됐다. 오랜 시간 관심을 가졌던 분을 만나게 되면 따로 공부해야 할 양도 적다. 휴넷의 조영탁 대표도 마찬가지였다. 2018년 주말 아침 신문을 보는데 그의 인터뷰 속 성장기가 인상적이었다. 이후 페이스북에서 팔로잉을 하고 몇 년간 지켜보다 2023년 '공부에 미친 어른들'이란 시리즈로 교육 회사를 섭외할 때 그가 떠올라 바로 페이스북 메시지를 보냈다. 이런 식으로 어릴 때부터 책, 신문, 잡지, 다큐, 영화 등 매체를 가리지 않고 탐닉했던 시간이 전업 후 기획 아이템으로 쓰였다. 특히 업계에선 유명하지만 대중적으로는 널리 알려지지 않은 분들을 발굴해 에디터로서 나의 결을 만드는 데도 유용했다.

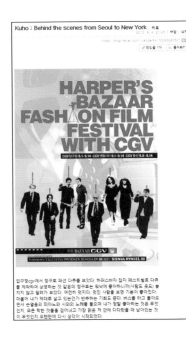

△ 2010년 네이버 블로그에 쓴 정구호의 패션 다큐 리뷰. 12년이 지나 그룹 직접 인터뷰했다.

변화를 만드는

한편 콘텐츠 업계에 들어온 후 내 삶은 꽤 바뀌었다. 일과 사적인 시간의 구분이 사라졌다. 휴식하는 시간에도 콘텐츠를 보고, 그러다 불쑥불쑥 업무 아이디어를 얻는다. 최근 ESG를 주제로 하는 기업 행사에 유명 연사를 섭외할 일이 있었다. ESG 하면 떠오르는 상징적인 분들에게 연락해봤지만 쉽게 성사되지 않았다. 게다가 폴인은 늘 신선한 라인업을 추구하다보니 섭외에 공을 들인다(팀에서 "폴인의 적은 폴인"이라고 얘기한다. 이미 천오백여 명의 현업 전문가들이 등장했기 때문에 그만큼 새로운 인물을 찾기가 힘들다). 그러다 여느 때처럼 인터뷰 기사를 보다가 가수 션이 환경에 관심이 많다는 걸 그의 답변 한 줄에서 힌트를 얻어 알게 됐다. 이것이 결국 섭외까지 이어졌고, 그 과정에서 큰 희열을 느꼈다. 기록보다 선행돼야 할 것은 인풋의 습관화다. 시도 때도 없이 보다보면 자연스럽게 제때 필요한 기획으로 연결된다.

이처럼 인풋에서 내가 주로 보는 것은 '인물'이다. 두 번째는 '변화의 흐름'이다. 분야별로 트렌드를 이끌고 전문성을 가진 인물을 지켜보다보면 어떤 비즈니스가 뜨고 지는지부터 업계의 흐름까지 한눈에 들어온다. 양질의 콘텐츠는 결국 사람에게서 나온다. 그러므로 가장 중요한 것은 '인물'이다. 에디터라면 독창적인 콘텐츠를 가진 인물을 많이 기억해두는 게 좋다. 폴인에서는 현업 전문가들의 성장 경험을 콘텐츠로 만드는데, 이분들을 '링커linker'라 부른다. 현장의 인사이트와 구독자들의 성장을 연결link한다는 뜻이다. 얼마나 넓고 깊은 인력 풀을 갖고 있느냐가 기획의 속도로 이어진다. 인물과 기획을 연결하는 스피드와 각이 콘텐츠의 흥행 여부를 결정하기 때문이다. 어찌 보면 캐스팅 디렉터나 헤드헌터의 역할과도 비슷한 면이 있다. 특히 다양한 인사의 특성을 파악해서 머릿속에 '나만의 인물 맵'을 만드는 게 중요하다. 그들을 적재적소에 매칭해야 파급효과를 키울 수 있기 때문이다.

나만의 인물 맵을 만드는 데는 동종 업계뿐 아니라 다양한 분야에 대한 관심이 도움이 됐다. 전공과 금융권 근무로 경제, 경영, 투자 분야에도 평소 관심이 많았다. 출판사에서 폴인으로 이직한 이유 중 하나이기도 했다. 인문, 예술보다는 비즈니스 콘텐츠를 본격적으로 다뤄보고 싶었다. 일본의 기획자나 CEO의 에세이를 좋아하는데 폴인의 콘텐츠 포맷과 비슷한 면이 있다. 자신만의 독창적인 사고와 일하는 태도를 스토리텔링으로 풀어낸다. 스포츠와 역사물도 좋아한다. 30년 전부터 야구 팬이었고, 《삼국지》는 열 번 이상 본 덕후다. 만화책도 많이 봤다. 예능과 유튜브도 본다. 〈채널 십오야〉를 보며 폴인 영상 콘텐츠 포맷을 고민하고 바로 반영한 적도 있다. 요즘은 〈요정재형〉 채널을 보며 롱폼 인터뷰 영상 기획을 배운다. 클래식 음악은 잘 모르지만, 아티스트는 좋아해서 인터뷰가 보이면 빼먹지 않고 읽는다. 뮤지

컬과 현대무용 공연도 가끔 찾는다. 이렇게 장르를 오가며 많이 보다보면 시리즈를 기획할 때 신선한 라인업을 떠올릴 수 있다. 최근 폴인은 초기와 달리 창업가나 직장인을 넘어서 축구선수, 뮤지션, 예술감독 등 다양한 직업군으로 인터뷰이를 확장하고 있다. 에디터들의 덕질에서 출발한 이러한 시도는 '일'에 대해 보다 신선한 관점과 인사이트를 제공하면서 독자층을 넓혀가고 있다.

인풋이 일정량을 넘어서면 인물의 인사이트를 알아보는 능력도 자연스럽게 생긴다. 책을 많이 보는 사람이 양서를 잘 고르는 것과 같다. SNS를 오래 봐도 비슷한 능력이 생기는 듯하다. 가끔 지인들에게 농담조로 "내가 팔로잉하는 리스트는 돈 줘도 안 팔 거야"라고 말한다. 20년 가까이 매일 온오프라인 콘텐츠를 보며 한 명씩 추가한 리스트는 곧 나의 안목이자 관점의 기반이라고 해도 과언이 아니다. 사람을 알아보는 감각이 쌓이면? '이 사람은 분명 좋은 콘텐츠를 가졌을 거야' 확신을 갖고 기획한다. 기획 회의에서 동료들이 모르는 인물을 종종 추천하는데, 반신반의하며 인터뷰를 갔던 동료가 "그분, 정말 인사이트 있었어요"라고 말할 때 쾌감이 크다.

콘텐츠 업계에서 7년을 보내고 든 생각은 에디터들의 안목이 곧 콘텐츠 비즈니스의 성패를 결정한다는 것이다. 여기서 안목은 콘텐츠뿐 아니라 인물에게도 해당한다. 에디터는 단순히 좋아하는 것을 깊이 있게 소개하는 직업이 아니다. 대중보다 한발 앞서 가며 양질의 콘텐츠를 발굴해 대중이 앞으로 필요로 할 정보를 효율적으로 제안하는 직업이다. 따라서 개별 콘텐츠를 기록하는 것보다 인물과 변화의 흐름을 보는 게 효과적이다. 이 흐름은 인풋이 상당 기간 흘러넘치게 유입될 때만 보인다. 그리고 내게만 보이는 변화의 흐름이 나의 '관점'이 된다. 관점이 만들어지려면 당연히 아카이빙 폴더가 크고 다양해야 한다.

팔리는 콘텐츠에는 '신선함'과 '재미'가 있다

기록을 위한 기록이 과연 좋은 것일까? SNS 시대가 오면서 사람들은 앞다투어 일상에 관한 수많은 기록을 남기기 시작했다. 하지만 희소성 있는 이야기는 오히려 드물어졌다. 언젠가 가수 장기하가 가사를 쓰는 소재에 대해 이야기한 적이 있다.

Q. 일상적인 것에서 출발하는데 일기장에 써야 할 것과 그렇지 않은 건 어떻게 다른가?

나 자신에게 일상적일 뿐만 아니라 되게 중요한 문제여야 하고, 그게 남들에게 얘기했을 때도 흥미를 가질 만한 무언가여야 된다. 또 과거에 남

변화를 만드는

들이 많이 했던 얘기가 아니어야 하고. 이렇게 나름 세 가지 원칙이 있다.

— 장기하, 《텐아시아》 인터뷰에서

2011년 인터뷰지만, 이 원칙을 보면 장기하의 에세이가 많이 판매된 건 우연이 아니라는 것을 알 수 있다. 단순히 많이 기록한다고 영양가 있는 건 아니다. 개인적인 기록이 아니라 SNS나 책으로 발행할 계획이 있다면 얼마나 대중의 마음을 끄는지도 신경 쓸 수밖에 없다. 내가 생각했을 때 많이 읽히는 콘텐츠는 신선하거나 재미있거나 둘 중 하나다.

첫째, 신선해야 한다. 신선함은 '나만이 할 수 있는 이야기'를 할 때 커진다. 그런데 '나만이 할 수 있는 이야기'는 앞서 말한 인풋이 만든 '관점'에서 나온다. 관점은 내가 어떤 고유한 이야기(글감)를 할 수 있을지 알려주며, 어떤 포맷(문체)으로 제작하면 좋을지 힌트를 준다. 그러므로 퍼스널 브랜딩이나 콘텐츠 기획을 목적으로 기록을 시작한다면, 남들이 쉽게 따라 하기 어려운 삶의 경험들을 추려보면 좋겠다.

내 SNS 프로필 소개글은 "금융에서 콘텐츠로"다. SBI 서울출판예비학교에 다닐 때 금융권에서 출판 업계로 넘어온 사람은 내가 유일했다. 출판 업계 전체를 뒤져도 드물다. 기록자로서 퍼스널 브랜딩의 시작은 지나온 내 삶에서 남들과 차별화되는 지점을 찾는 일이었다. 팔로워의 반응이 가장 뜨거웠던 게시물 역시 지난 커리어 스텝을 솔직하게 회고한 글이었다. 어쩌다보니 개인회사, 스타트업, 중소기업, 대기업을 두루 경험했고 대자연과 대도시에서의 오피스 라이프를 비교해볼 수 있었다. 팔로워 수가 많지 않아 설득력이 떨어질 수는 있지만, 업계에 이름을 알리는 데는 부족함이 없었다고 생각한다.

반면 업무상 콘텐츠를 기획할 때도 '관점'이 성패를 가른다. 2023년 폴인 리브랜딩 특집으로 '프로의 5가지 기술'이란 시리즈 아이디어를 냈다. 3년간 폴인에서 일하며 링커 천여 명을 관찰하고 추려낸 공통점을 활용했다. 이것이 곧 나의 '관점'이었다. 링커들에게서 발견한 다섯 가지 기술은 변화, 기획, 추진력, 협업, 롱런이다. '변화'를 빠르게 포착해 앞서 가는 '기획'을 하는 비결, 남다른 '추진력'으로 성과를 만들고, '협업'으로 이를 극대화하는 노하우, 내가 하고 싶은 일을 찾아 '롱런'하는 커리어 레퍼런스까지. 팀 동료들이 각 기술을 대표하는 업계 전문가를 인터뷰했다. 이 시리즈는 폴인의 리브랜딩을 효과적으로 알리는 역할을 톡톡히 해냈다.

평소 시리즈를 기획할 때는 크게 두 가지를 고려한다. '보편성'과 '시대적 특수성'이다. 이 두 가지를 잘 조합했을 때 신선함, 즉 오리지널리티를 확보할 수 있다. 예를 들면 폴인 시리즈 '디자이너 CEO의 세계'는 'CEO 인터뷰'라는 보편적인 기획에 시대적 특수성인 '디자이너'를 더했다. 기획할 당시 힙한 스몰 브랜드가 많이 나오기 시작했는데 디자

변화를 만드는

이너 출신 창업자가 많다는 걸 발견했기 때문이다. 창업자 이야기는 늘 잘 팔리는 주제다. 여기에 디자이너 창업자라는 관점이 신선한 한 끗을 제공했다. '40대의 커리어 레퍼런스, 뉴 포티' 시리즈도 비슷한 맥락에서 접근했다. 커리어는 늘 인기 있는 주제다. 하지만 이 시리즈를 기획한 3년 전만 해도 40대의 커리어 이야기는 흔치 않았다. 함께 시리즈를 기획한 모더레이터는 40대의 새로운 라이프 스타일을 트렌드 관점에서 다루고 싶어 했는데, 나는 '일 이야기'로 좁히자고 제안했다. 살펴보니 주변에 30대 후반의 퇴사가 부쩍 늘고 있었다. 10년 전만 해도 30대 초반 퇴사가 붐이었는데 이제는 40대에도 커리어 변동성이 높았다. 40대의 이직은 어떻게 준비해야 하는지 물었다. 다행히 구독자 반응은 예상보다 좋았다.

전체 콘텐츠를 편성할 때도 두 가지 고려 기준은 유효하다. 글쓰기, 리더십, 일하는 태도와 같은 시대를 타지 않고 잘 팔리는 주제는 꾸준히 발행하면서 동시에 시대적 특수성을 담은 팝업, AI 시대 마케팅 같은 주제도 발빠르게 기획한다. 스테디셀러와 새로운 트렌드를 균형감 있게 섞기 위해서다. 이렇게 개인적인 기록을 할 때든 에디터로서 콘텐츠 기획을 할 때든 나만의 신선한 '관점'을 갖고 씨줄과 날줄을 꿴다면 성공률이 높아질 수 있다.

둘째, 많이 읽히는 콘텐츠는 재밌어야 한다. 재밌는 글의 필요조건은 '솔직함'이다. 나는 솔직하지 않은데 재밌는 기록을 본 적이 없다. 기록이 유의미하려면 솔직해야 한다. 솔직함에서 디테일이 생기고, 공감대가 형성된다. SNS에 올린 글이 생각보다 좋은 반응을 얻을 때가 있지 않은가. 내 경우 깨알같이 솔직한 글을 올렸을 때 그랬다. 글쓰기가 취미라는 배우 손석구도 〈유 퀴즈 온 더 블럭〉에서 솔직한 글쓰기의 어려움을 토로한 적이 있다. 작가 이슬아는 신선함과 솔직함을 모두 충족하는 글쓰기를 한다. 그는 삶에서 자신만이 할 수 있는 이야기를 추출해 (때로는 독자가 당황할 정도로) 솔직하게 기록하는 대표적인 작가다. 《나는 울 때마다 엄마 얼굴이 된다》를 읽고 '이렇게까지 솔직하다고?' 충격을 받았을 정도다. 그가 단기간에 문학계 스타로 떠오른 데는 이 두 가지 측면이 독보적이었기 때문이라고 생각한다.

기록한 대로 변화하는 삶

내게 기록이란, 앞서 말했듯 노트나 디지털 공간에 기록하는 일만은 아니었다. 머릿속에 인풋을 담는 것도 광의의 기록에 속했다. 그리고 기록은 내 인생에 두 가지를 줬다. 첫째, 커리어 전환. 기록을 하면서 내가 어떤 삶을 원하는지 어렴풋이 알 수 있었다. 둘째, 기획 재료. 머릿속에 수도 없이 기록된 인풋들이 서로 연결돼 새로운 아이디어가 되어주었다.

이 책을 읽는 여러분도 기록에 대한 강박을 느끼지 않았으면 좋겠다. 예전에 필사를 몇 번 시도했던 적이 있다. 한두 번만 해봐도 에디터십을 기를 수 있는 좋은 수단이라는 걸 알 수 있었다. 하지만 꾸준히 하지 못했다. 시간과 에너지가 많이 소요됐기 때문이다. 그때그때 내게 맞는 기록법을 찾는 걸 추천한다. 은행원 시절 나는 스트레스를 해소하기 위해 삶에서 만난 것을 부지런히 기록했다. 덕분에 콘텐츠 업계로 전업했지만, 글쓰기가 본업이 된 후로는 물성 있는 기록을 남기기보다 스치듯 캡처한 것을 머릿속에 기록한다. 기획을 위해 별도로 서치하는 시간을 두진 않는다. 그럴 여유가 없다. 하루에도 몇 건씩 기획 아이템을 내야 하는 업계에서 인풋 쌓기와 캡처 기록은 매일 먹는 삼시 세끼와 같다. 여러분도 지금 부담 없이 즐길 수 있는 자기만의 기록법을 찾으면 좋겠다. 최근 나는 뉴스레터를 새롭게 시작했다. 브랜드 뉴스레터를 몇 년간 쓰다보니 개인 뉴스레터를 시도해보고 싶어졌다. 이 뉴스레터는 나만의 관점을 보여주는 또 다른 기록이 될 것이다.

유명한 영화감독들의 인터뷰에는 이런 이야기가 종종 보인다. 영화를 너무 사랑해서, 많이 보다보니 어느 날 직접 찍게 됐다고. 새로운 인풋을 꾸준히 접하고 그것이 흘러넘칠 때

나만의 아웃풋이 생산된다. 기록도 삶도 마찬가지다. 의무가
아닌 본능이어야 지속할 수 있다. 본능대로 기록하고 기록
한 대로 궁리하다보면, 삶도 다른 방향으로 변화하지 않을까.

변화를 만드는

도헌정

콘텐츠 기획자. 대학에서 경영학을 전공하고, 은행 기업금융 파트에서 7년간 일했다. 전업한 후 출판사에서 신규 프로젝트 마케터로 일하며, 팔리는 콘텐츠 만드는 법을 배웠다. 중앙일보 디지털 콘텐츠 서비스 '폴인'에 2020년 에디터로 합류한 이래, 일에 진심인 사람들에게 성장의 경험을 나누는 커리어 콘텐츠를 전하고 있다. 콘텐츠 헤비 유저로, 살아 있는 인사이트를 효과적으로 전하는 최적의 형태에 관심이 많다.

인스타그램 @contributedo

EDITOR
004

"어려운 걸 쉽게 쓰는 건 어렵다.
에디터의 모든 고통은
거기에서 시작된다."

허완 · 뉴닉 에디터

CONNECT
NEWS

Language Change

국제 뉴스를 쉽게 전하는 기록법

　세상에는 너무 많은 뉴스가 있다. 불평하는 건 아니다. 그저 사실이 그렇다는 얘기다. 뉴스를 전하는 일을 하다보면 '세상만사'라는 표현에 저절로 수긍하게 된다. 세계에서는 수많은 일이 벌어지고 있다. 우리가 잠든 사이에도 지구 반대편에서는 끊임없이 새로운 일이 일어난다. 나와는 상관없어 보이는 일도, 당장 내일 내 통장에 영향을 미칠 사건도 이어진다. 모두가 그 모든 뉴스를 다 소화하는 건 불가능하고, 그럴 필요도 없다. 그중에서 꼭 필요한 뉴스를 골라내는 건 뉴스 에디터의 일이다. 세상이 바쁜 만큼 뉴스 에디터도 바쁘다.

　2011년 기자로 일을 시작해 지금은 에디터로 뉴스를 전한다. 약 10년 전, 영어를 조금 더 할 줄 안다는 이유로 우연찮게 국제 뉴스를 맡게 됐다. 처음에는 모르는 것투성이었다. 허투루 전하지 않기 위해 눈에 띄는 대로 온갖 정보를 수집했고, 쉬지 않고 기록했다. 멀게만 느껴지는 국제 뉴스를 독자가 가깝게 느낄 수 있길 바랐다. 열심히 했다. 다른 방법이 없었다. 쓰는 사람이 무슨 얘기인지 모르면서 적당히 아는 척 쓰면 읽는 사람이 다 알아보는 법이라고 선배들에게 배웠다. 물론, 첫 직장에서 만난 선배는 늘 강조했었다. "완아, '열심히'가 중요한 게 아니야. 잘하는 게 중요하지."

　계속하다보니 이제 조금은 알 것 같다. 에디터는 관찰하고 발견하는 사람이다. 에디터는 골라내고 연결하는 사람이다. 에디터는 에디터의 방식으로 기록하는 사람이다. 처음부터 알았던 건 아니고 나름대로 고군분투하며 배웠다. 그 얘기를 열심히, 아니 잘해보려고 한다.

수상할 정도로 뉴스를 많이 보는 사람

　하루의 시작과 끝을 뉴스와 함께한 지 꽤 오래되었다. 일어나면 밤사이 스마트폰으로 도착한 외신들의 속보 알림부터 확인한다. 스마트폰에 깔아둔 국내외 뉴스 앱은 도합 스무 개다. 첫 화면의 가장 목 좋은 자리는 자주 읽는 해외 매체 세 곳(《뉴욕 타임스》, 《가디언》, 《월스트리트 저널》)의 몫이다. 하루 종일 수십 개의 뉴스 알림이 울린다. 뉴스를 요약해주는 뉴스레터도 수십 개 구독 중이다. 아침을 먹으면서 뉴스레터를 빠르게 훑는다. 출근해서 종일 뉴스를 보다가 퇴근해 집에 오면 저녁 뉴스를 챙겨 본다. 하루를 마무리하고 누운 잠자리에서는 낮에 미처 못 읽고 저장해둔 뉴스 기사를 읽다가 잠이 든다.

손 닿는 모든 곳에 뉴스가 있게 해뒀다. 이메일에도, 웹 브라우저 북마크에도, 인스타그램과 트위터, 팟캐스트와 유튜브에도 뉴스가 있다. 온갖 뉴스 매체와 기자, 전문가들의 계정을 눈에 띄는 대로 구독하고 저장하고 팔로우한 덕분이다. 거기에는 속보가 있고, 분석 기사가 있고, 르포 기사가 있다. 분야별 뉴스레터가 있고, 진행자와 주제가 다른 팟캐스트가 있다. 실시간 뉴스가 있고, 호흡이 긴 다큐멘터리가 있다. 다른 나라 정치인들의 포스트가 있고, 국내외 전문가들이 올린 트윗이 있다. 당장 쓸모가 있을지 없을지 모르지만 일단 닥치는 대로 뉴스를 수집한다.

'뉴스'만 뉴스인 건 아니다. 취미나 관심사도 뉴스와 연결된다. 10년 넘게 응원하고 있는 해외 축구팀 관련 팟캐스트를 듣다가 '스포츠 워싱'과 그에 얽힌 복잡한 국제 정치·경제적 맥락을 접한다. 즐겨 보는 유튜브 채널에서 자동차 리뷰 영상을 보다가 전 세계 자동차 산업의 변화와 환경 규제,

각 나라 소비자의 주머니 사정 같은 것들을 배운다. 건축, 디자인, 도시에 관한 책 속에서 각각의 분야가 당대의 사회와 경제, 정치와 만나 벌인 변화를 발견한다. 음악이나 미술, 영화, 문학은 언제나 우리가 살아가는 세상을 다룬다. 뉴스와 무관한 건 아무것도 없다.

　그 모든 뉴스를 단번에 소화하지는 못한다. 무슨 이야기인지, 어떤 맥락인지 모를 때도 많다. 결국 수집과 저장만이 살길이다. 인간의 이해력과 기억력에는 한계가 있기 때문이다. 오래전부터 '인스타페이퍼Instapaper'라는 앱을 썼다. 웹 사이트 페이지를 스크랩하는 웹 클리핑 서비스로, 주로 뉴스 기사, 칼럼 등 인터넷에서 발견한 글을 스크랩한다. 눈에 띄는 건 일단 모아둔 뒤 분야별로 폴더를 나눠 차곡차곡 쌓아둔다. 트위터, 유튜브, 인스타그램 등 각 서비스의 보관함을 한 번 거치고 여기로 온 것들도 있다. '나중에 읽기' 위해 저장했지만 '나중에'가 언제가 될지는 모른다. 일단 쌓아둔다.

◁ 사용 중인 스마트폰 첫 화면. 손가락이 닿기 가장 좋은 자리에 뉴스 앱을 가지런히 배치해두었다. 그 아래 줄에는 뉴스 앱을 모아둔 폴더가 있다. 느닷없이 궁금한 게 생겼을 때 무엇이든 검색할 수 있도록 구글 검색 위젯 자리도 상단에 큼지막하게 마련해두었다.

(기본 메일 앱의 '77,479'라는 숫자는 신경 쓰지 않는 편이 건강에 좋다.)

△ 어느덧 10년 넘게 사용 중인 인스타페이퍼. 스마트폰 앱은 물론, 웹 브라우저(크롬, 사파리 등)에서도 확장 프로그램을 설치하면 어떤 페이지든 무제한으로 스크랩할 수 있다. 스크랩한 페이지의 링크를 저장하는 게 아니라 페이지의 텍스트를 그대로 긁어 와 저장한다. 따라서 텍스트가 많은 페이지인 경우, 글꼴, 서체 크기와 색 등을 변경하며 전자책처럼 쓸 수도 있다. 유료 버전을 구독하면 전문 검색, 음성으로 듣기, 하이라이트, 무제한 노트 작성 등의 추가 기능을 사용할 수 있다. 왼쪽 'Politic(정치)'부터는 스크랩한 페이지를 분류해 저장하기 위해 만들어둔 폴더다.

국제 뉴스를 쉽게 전하는

모든 뉴스는 서로 연결되어 있다

세상에는 늘 많은 일이 벌어진다. 처음 국제 뉴스를 맡았던 2014~2016년도 뉴스가 쏟아지던 시기였다. 영국에서는 유럽연합 탈퇴(브렉시트) 여부를 묻는 국민투표가 있었고, 미국에서는 훗날 하나의 '사건'으로 기록된 대통령 선거가 있었다.《샤를리 에브도》총격 사건과 파리 테러를 비롯해 세계 곳곳에서 'IS(이슬람 국가)'의 테러가 이어졌고, 시리아 내전과 유럽 난민 위기가 있었다. 또 그리스 경제 위기가, 홍콩 '우산혁명'이, 러시아와 우크라이나 사이에서 '돈바스 전쟁'이, 러시아 미사일의 말레이시아항공 여객기 격추 사건이, 팔레스타인 가자 지구 전쟁이, 미국 'Black Lives Matter(흑인의 생명도 소중하다)' 시위가 있었다. 유럽을 비롯해 세계 곳곳에서는 극우 정치인의 바람이 불기 시작했다.

뉴스를 계속 보다보니 서로 연결되지 않은 사건은 없었다. 시리아 내전과 IS의 등장은 유럽 난민 위기를 불렀고, 그 틈에서 사람들의 불안과 불만을 공략한 극우 정치 세력들이 목소리를 키웠다. 영국 브렉시트 국민투표와 대서양 건너편 도널드 트럼프 미국 대통령 당선에는 공통점이 있었다. 세계화의 경제적 수혜 대상에서 배제된 사람들이 주류 기득권 세력을 향해 반란을 일으킨 사건이라는 점이었다. 이민자, 무슬림 등 '외부의 적'을 향한 공포와 증오를 부추긴 정치인들이 승리했다는 점도 비슷했다. 말레이시아항공 여객기 격추 사건은 돈바스 전쟁이 없었다면 일어나지 않았을 참사였다.

알고 보면 어느 날 갑자기 벌어진 사건도 없었다. IS의 탄생은 가깝게는 2011년 시리아 내전과 2013년 제2차 이라크 내전, 멀게는 2003년 미국의 이라크 침공과 사담 후세인 정권의 붕괴에서 그 배경을 찾을 수 있다. 미국 Black Lives Matter 시위는 2014년 흑인 청년 마이클 브라운이 경찰의 총에 맞아 숨진 사건으로 불이 붙었지만, 경찰의 흑인에 대한 공권력 남용이라는 미국의 유구한 인종차별 역사를 빼놓고 설명할 수 없다. 가자 지구 전쟁은 1948년 이스라엘 건국 이후 지속된 대립과 중동 분쟁의 연장선에 있고, 우산혁명은 1997년 홍콩 반환 이후 계속된 중국의 간섭에 대한 민주파 시민들의 누적된 불만이 터진 결과였다.

세상 모든 일의 역사를 찾아보는 습관은 그때부터 생겼다. 꼭 역사책을 봐야 역사를 알 수 있는 건 아니다. 낯선 용어와 사건 하나하나가 훌륭한 역사 교재였다. AP·로이터 같은 해외 뉴스 통신사의 기사를 직접 번역할 일이 많았는데, 처음 국제 뉴스를 다룰 때는 모르는 것투성이였다. 미국의 뿌리 깊은 인종차별 역사를 담고 있는 짐 크로 법이나 남부연합이 뭔지 알 턱이 없었다. 개념이나 의미를 모른 채 엉뚱하게 직역하지 않으려면 하나하나 찾아보는 수밖에 없었다. 자료 하나를 찾아서 읽다보면 모르는 게 열 개쯤 꼬리에 꼬리를 물고 나왔다.

영어판 위키피디아는 입구 같은 존재다. 특정 용어나 인물, 사건 등에 대한 기본적인 설명은 물론, 꽤 정성스레 정리된 참고 문헌을 손쉽게 접할 수 있다. 더 깊이 알고 싶으면 무얼 찾아야 하는지, 어디로 가야 하는지 감을 잡기 쉽다. 위키피디아에서 출발해 과거 기사와 정부의 공식 문서, 연구 기관의 자료 등을 오가며 더듬더듬 맥락을 파악하고, 사건과 사건의 관계를 배웠다. 관심이 유독 깊어진 어떤 주제는 책을 찾아 읽기도 했다. 이럴 때 인스타페이퍼가 큰 도움이 됐다. 폴더에 차곡차곡 모아둔 자료가 사건을 이해하는 데 요긴하게 쓰이기도 하고, 특정 태그로 묶은 자료들이 의외의 지점에서 긴밀하게 연결되는 걸 발견하기도 한다. 보이지 않던 수많은 연결 고리가 눈에 들어오기 시작했다.

아는 만큼 보인다는 말을 별로 좋아하지 않았다. 잘 안다는 편견에 사로잡혀 새로운 걸 보지 못하는 사람을 많이 봤다. 하지만 그 말은 어느 정도 사실이었다. 백인우월주의에 심취한 총기 난사범 딜런 루프가 남부연합기를 들고 사진을 찍은 맥락도, 꼭 2년 뒤 미국을 들썩이게 만든 샬러츠빌 백인우월주의 시위가 로버트 E. 리 장군(남북전쟁 당시 남군 총사령관) 동상 철거 반대 시위에서 시작된 배경도 눈에 들어왔다. 미국 남부 주가 온통 공화당의 상징 색인 '빨간색'인 이유를 그제야 미루어 알 수 있었다. '하늘의 여왕' 보잉 747의 흥망성쇠 역사를 몰랐다면 항공 산업과 여행 문화의 혁명적 변화도 영영 알 수 없었을 것이다.

관찰하고 발견하기, 골라내고 연결하기

기자(記者)는 '기록하는 사람'이다. 눈앞에서 벌어진 사건을 성실히 기록하는 게 그들의 일이다. 에디터는 흔히 '편집하는 사람'으로 이해되지만, 그게 전부는 아니다. 에디터는 관찰하고 발견하는 사람이다. 매일 시시각각 쏟아지는 수많은 정보 속에서 맥락을 발견하고 의미를 골라내 개별적인 정보를 통합적으로 연결하는 사람이다. 마찬가지로 뉴스 에디터도 뉴스의 맥락을 짚어내 가지런히 기록하고 전달한다. 누구보다 눈 밝은 관찰자가 되어야 하고, 성실한 기록자가 되어야 한다. 그러려면 가끔은 사건에서 한 걸음 떨어져 전체를 조망할 줄도 알아야 하고, 때로는 사건의 디테일에 현미경을 들이댈 수도 있어야 한다.

국제 뉴스는 대체로 어렵다. 사건도, 인물도, 장소도 낯선데 하나의 사건을 온전히 이해하려면 그 사건이 놓인 복합적인 맥락을 이해해야 하기 때문이다. 비슷한 시기에 벌어진 다른 어떤 사건과 이어지는 사건인지, 또 과거의 사건과

국제 뉴스를 쉽게 전하는

는 어떤 연관이 있는지 알아야 한다. 사건들을 나란히 늘어놓았다가 시간을 거슬러 올라갈 줄도 알아야 한다. 서로 연결되지 않은 사건이란 없고, 어느 날 갑자기 벌어진 사건도 없기 때문이다. 국제 뉴스든 국내 뉴스든, 하나의 사건을 제대로 이해하려면 배경지식이 필요하다. 국제 뉴스의 경우 조금 더 낯설 뿐이다. 알아야 할 맥락을 모를 때가 많을 뿐이다. 그건 당연한 일이다.

  분명한 건 나와, 우리와 무관한 사건은 하나도 없다는 사실이다. 누구도 예상하지 못했던 2016년 미국 대선 결과는 누구도 예상하지 못했던 2018년 북미 정상회담 개최라는 사건으로 이어졌다. 새 미국 대통령이 중국과 벌인 '무역 전쟁'은 우리나라 기업의 수출과 금융 시장에 적지 않은 영향을 미쳤다. 불안한 중동 정세는 수시로 국제 유가를 들썩이게 했고, 브렉시트 국민투표 결과가 나온 직후 국내 증시는 급락했다. 유럽 난민 위기는 2018년 '제주 난민 사태' 당시 난민 수용 반대를 주장한 사람들에 의해 반면교사로 삼아야 할 사례로 소환됐으며, 홍콩 우산혁명 지도자들은 한국의 5·18 광주 민주화 운동에서 영감을 얻었다고 말했다. 그러므로 사건과 사건, 과거와 현재뿐만 아니라 사건과 독자를 이어주는 것 역시 에디터의 일이다. 국제 뉴스 기사를 쓸 때마다 독자를 떠올렸다. 내가 몰랐던 개념은 대다수 독자도 모를 거라고 생각해 최대한 친절하게 설명하려고 애썼다. 가뜩이나 멀게 느껴질 국제 뉴스가 더 낯설지 않도록 이 뉴스가 어떻게 우리와 연결되는지 짚어내고자 했다. 이 사건과 저 사건이 어떻게 이어지고, 어제의 그 사건은 오늘의 이 사건과 어떻게 연결되는지 알아차리는 재미를 독자도 느끼기를 바랐다. 이해의 몫을 독자에게 떠넘기는 불친절한 기사가 아니었으면 했다.

머릿속으로 맥락과 연결을 그리는 습관이 있다. 수많은 사건과 개념, 용어, 주체가 서로 만나는 지점을 찾아 선을 잇고 화살표를 그리는 식이다. 아이패드나 노트에 옮겨 그려보기도 한다. 지금 당장 눈에 보이지 않더라도 모든 사건은 분명 다른 무언가와 연결되어 있을 것이므로, 이리저리 이어 붙여보는 게 도움이 된다. 그러다보면 어디에 쓸지 모른 채 일단 저장해둔 기사나 정보가 불현듯 다른 것과 연결되고, 좋은 시작점이 되기도 한다(인스타페이퍼는 정말 유용한 서비스다).

국제 뉴스 에디터의 기쁨과 슬픔

뉴스에 대해 사람들이 갖는 '거리의 감각'은 저마다 다르다. 우리 동네에서 벌어진 단순 강도 사건이 가본 적 없는 지구 반대편 나라에서 발생한 대형 테러 공격보다 훨씬 크게

국제 뉴스를 쉽게 전하는

느껴지는 법이다. 내가 응원하는 해외 축구팀의 에이스 선수가 전치 일 주짜리 발톱 부상을 당했다는 소식이 국내 정치권을 뒤흔드는 스캔들 뉴스보다 훨씬 가깝게 느껴질 수도 있다. 그건 어쩌면 당연한 일이다. '이게 오늘의 가장 중요한 뉴스입니다!' 하는 건 어디까지나 뉴스를 전하는 사람들의 생각이다. '뉴스 가치'를 논할 때 쓰이는 여러 개념과 이론을 부인하려는 건 아니다. 단지 뉴스 소비자들은 그런 기준만을 따라 뉴스를 소비하지 않는다는 얘기다. 국제 뉴스 에디터가 가장 곤란해지는 게 바로 이 지점이다. 사람들이 이 뉴스를 꼭 알면 좋겠다는 욕심이 있지만, 대다수 독자에게는 별나라 얘기처럼 들릴 것이라는 엄연한 사실을 안다. 꼭 모두가 알아야 할 사건은 아닐지 모른다는 의구심이 들 때도 있다. 나만 재밌는 건 아닌지 종종 의심한다. 그러다가도 이건 정말 중요하고, 우리 모두와 연결되는 사건이라고 외치고 싶어진다. 어디까지나 뉴스를 전하는 사람의 생각이겠지만 '사실 오늘의 가장 중요한 뉴스는 이거'라고 말하고 싶어진다. 사건과 시간 사이를 종횡무진하며 발견한 흥미로운 연결 고리를, 풍성한 이야기를, 그리고 깊은 의미를 고스란히 전하고 싶어진다.

내가 쓴 기사를 읽는 사람들이 누구인지 늘 궁금했다. 무슨 일을 하는 사람인지, 나이대는 어떻게 되는지, 어떤 것에 관심을 둔 사람인지 알고 싶었다. 그들이 어떤 경로로 내 기사를 접했는지, 얼마나 꼼꼼히 읽었는지, 기사를 읽고 무슨 생각을 했는지도. 나름대로 열심히 취재하고 머리를 싸매가며 쓴 기사가 누구에게, 어떻게 가닿고 있는지 가늠하기 어려울 때가 많았다. 틀림없이 내 기사를 읽었을 취재원이나 부모님이 아닌, 진짜 독자와 그들의 반응이 궁금했다. 댓글을 빠짐없이 읽었고, 소셜 미디어에 내 기사를 검색해보기도 했다. 악플도 반가웠다. 잠정적인 나의 결론은 '대개의 사람은 뉴스를 깊이 읽지 않는다'는 것이었다. 탓하는 게 아니라 사실이 그렇다. 기사 페이지당 평균 체류 시간은 채 일 분이 안 된다. 속독법에 통달한 사람이 아니고서야 그럴 수는 없는 노릇이다. 기사를 끝까지 읽지 않고 중간에 창을 닫아버리는 사람이 그만큼 많다는 뜻이다. 띄엄띄엄 읽고 엉뚱한 댓글을 다는 사람도 적지 않다. 처음에는 그게 무척 속상했다. '내가 얼마나 힘들게 쓴 기산데!' 하는 억하심정도 괜히 들었다. 하지만 당시 《한겨레》에 있던, 언론사 입사를 준비할 때부터 내 마음대로 마음속 스승으로 모신 안수찬 기자의 책 《뉴스가 지겨운 기자》를 읽고는 생각이 180도 바뀌었다.

사람들은 괜히 뉴스를 깊이 읽지 않는 게 아니었다. 그래야 할 필요를 느끼지 못했을 뿐이다. 그때나 지금이나 대부분의 기사는 불친절하다. 기자들만 아는 용어와 표현, 배경지식이 잔뜩 생략된 문장으로 가득하다. 정치인 A 씨가 무

국제 뉴스를 쉽게 전하는

슨 말을 해서 논란이라는 아주 간단한 기사에도 맥락이 있는 법이다. A 씨가 누구인지 온 국민이 알 거라는 전제부터 틀렸을 가능성이 크다. 가까이에서 정치인 A 씨를 지겹도록 지켜봤을 기자는 A 씨가 누구인지 따로 설명할 필요를 느끼지 못했겠지만, 독자는 그렇지 않다. 설명이 필요하다. 불친절하게 쓰인 기사를 독자가 알아서 깊이 읽어주기를 기대하는 건 어디까지나 뉴스를 만드는 사람들의 착각이다. 뉴스를 깊이 읽기에는 삶이 너무 바쁘다. 뉴스를 다루는 일을 업으로 하지 않는 이상, 사람들이 뉴스를 소비하는 데 쓰는 시간은 제한적이다. 한국언론진흥재단이 매년 실시하는 '언론수용자 조사'를 보면, 뉴스 이용률은 꾸준히 하락세다. 종이 신문만 읽지 않는 게 아니라 PC와 모바일로도 점점 뉴스를 덜 읽는다. 지친 몸을 이끌고 퇴근한 사람에게 뉴스보다 더 재밌는 건 얼마든지 많다. 유튜브가 있고, 숏폼 콘텐츠가 있고, 웹툰이 있고, 소셜 미디어가 있다. 일이 바쁘고 고된 탓에 뉴스나 다른 콘텐츠를 볼 시간이 거의 없는 사람도 많다. 사실 한동안 뉴스를 전혀 안 봐도, 필요한 때만 봐도 사는 데 큰 지장은 없다.

  모두가 같은 밀도로 뉴스를 읽는 건 아니다. 독자가 뉴스의 맥락과 사건의 연결 고리를 알아서 파악해주기를 기대할 수는 없다. 그건 기자나 에디터의 일이다. 뉴스를 음식에 비유하자면, 그건 독자들이 잘 소화할 수 있도록 뉴스를 곱게 썰어내는 일이다. 사람들이 언제 허기를 느낄지, 어떤 걸 원할지 생각해서 필요한 뉴스를 미리 알맞게 준비해두는 일이다. 보기 좋은 떡이 먹기도 좋은 법이니까, 플레이팅에도 신경 쓰는 일이다. 뉴스 속 재료들이 어디서 왔는지 독자가 전부 알 필요는 없다. 세상에는 너무나 많은 재료가 있다. 시기에 맞는 재료를 골라 완성도 높은 한 그릇을 내놓는 걸로 충분하다.

독자의 일, 에디터의 일

'뉴닉'은 뉴스가 필요하지만 뉴스가 어려운 MZ 세대에게 쉽고 재밌게 뉴스를 전달하는 뉴스레터 서비스로 시작했다. 그 가치에 공감해서 이직을 결심했다. 스스로 재밌는 사람이라고 생각하지는 않지만, 뉴스를 보다 쉽고 재밌게 전달하는 건 이제 내가 잘하게 된 일이라고 생각했다(그저 열심히 하는 게 아니다!). '뉴닉'은 국무총리에 관한 뉴스를 다룰 때 국무총리가 뭐 하는 사람인지부터 설명하는 매체다. 모든 독자가 금리와 물가의 관계를 알고 있을 거라고 전제하지 않는 매체다. 그게 퍽 마음에 들었다.

어려운 걸 어렵게 쓰는 건 쉽다. 쉬운 걸 굳이 어렵게 쓰는 사람도 있다. 어려운 걸 쉽게 쓰는 건 어렵다. 에디터의 모

국제 뉴스를 쉽게 전하는

든 고통은 거기에서 시작된다. 어려운 걸 쉽게 쓰려면 우선 어려운 걸 내 것으로 소화하는 어려운 과정을 거쳐야 한다. 독자가 뉴스를 씹고 뜯고 맛보고 즐길 수 있도록 내가 먼저 뉴스를 꼭꼭 씹고 뜯고 맛봐야 한다. 어렵지만 가치 있는 일이다. '뉴스를 봐도 이해하기 어려웠는데, 하나하나 친절하게 설명해줘서 비로소 무슨 얘기인지 이해하게 됐다'는 피드백을 받을 때 큰 보람을 느낀다. 사람들이 꼭 알아야 할 뉴스(이건 어디까지나 뉴스 콘텐츠 생산자의 생각이다)가 독자에게 온전히 가닿을 때 무엇보다 기쁘고 즐겁다.

세상에는 너무 많은 뉴스가 있다. '세상은 뉴스로 가득하다'는 내 두 번째 직장이었던 《허핑턴포스트코리아》가 내세운 슬로건이었다. 그런가 하면 사람들은 뉴스를 원하지만 너무 바쁘다. '우리가 시간이 없지 세상에 관심이 없냐!'는 '뉴닉'의 초창기 모토였다. 그 사이에 뉴스 에디터의 역할이 있다고 생각한다. 국제 뉴스 에디터의 어깨는 더욱 무겁다. 뉴스는 가뜩이나 어렵고 복잡한데, 심지어 우리나라에서 벌어진 일도 아니다. 어쩌면 그래서 더 필요한 일일지도 모른다. 독자들이 남의 나라에서 벌어진 일을 우리 동네 일처럼 가깝게 느끼고, 배경지식 하나 없어도 단숨에 빠져들 수 있다면 더할 나위 없이 기쁠 것이다. 이건 어디까지나 뉴스 콘텐츠 생산자의 욕심이다.

허완

'뉴닉' 에디터. 기자로 일을 시작해 에디터가 됐다. 아침 신문과 저녁 뉴스를 챙겨 보는 어린이였다. 뉴스로 세상을 배웠다. 미디어 전문 매체《미디어오늘》에서 일했고, 미국계 온라인 매체《허핑턴포스트코리아》에서 일하며 '뉴 미디어'의 흥망성쇠를 경험한 뒤 뉴닉에 왔다. 쏟아지는 뉴스 속에서 맥락을 읽고, 흩어진 정보를 연결해 쉽고 재밌게 전달하는 일을 한다. 수상할 정도로 뉴스를 많이 본다. 뉴스 속 세계는 어지럽고 때로는 고통스럽지만, 그래도 여전히 뉴스가 가장 재밌다.

인스타그램 @likethenina

국제 뉴스를 쉽게 전하는

EDITOR
005

"매주 월요일 아침,
받은편지함에 도착하는 뉴스레터가
한 주를 시작하는 힘이 되길 바라는
마음으로 기록을 이어가고 있다."

조성도 · 오렌지레터 발행인

SEND
NEWSLETTER

Open

소셜 섹터 소식을 오래 전하는 기록법

매일 아침 종이 신문을 읽으며 하루를 연다. 벌써 6년 넘게 지속하는 습관이다. 처음에는 신문을 무료로 구독할 수 있어서 시작했는데, 무료 구독 기간이 끝날 때쯤 고민이 들었다. '넷플릭스 구독료보다 비싼 값을 내고 볼 가치가 있을까?'

한국갤럽의 조사(2023년 11월)에 따르면 유료 동영상의 연간 이용률은 57퍼센트인데 반해 유료 종이 신문은 5퍼센트에 불과하다니 대다수가 나와 다른 결론을 내린 것 같다. 하지만 종이 신문을 읽으면 온라인 뉴스를 그만큼 덜 볼 테니 스마트폰의 스크린 타임을 줄여 눈의 피로를 덜 수 있지 않을까 싶었고, 평소 관심 없던 분야의 기사도 일단 눈앞에 보이니 읽게 되는 장점도 있어서 종이 신문의 유료 구독을 시작했다. 종이 신문은 제공되는 정보의 양이 물리적으로 한정되어 있어서 출근 전 정해진 시간 내에 읽기에도 좋다. 이런 이성적인 이유도 있지만, 매우 감성적인 이유도 있다. 2000년대 초반까지는 가장 빠르고 질 높은 정보 습득 창구가 바로 종이 신문이었다. 1990년대 중후반에는 신문사들의 출혈 경쟁이 격화되면서 신문을 유료로 구독하면 바보 취급을 받기도 했다. 발행 부수를 늘리려는 온갖 신문이 집 앞에 무료로 배달됐고, 덕분에 한 가지 사건에 대한 신문들의 다양한 시각을 비교해가며 10대 시절을 보낼 수 있었다. 2000년대 중반 군 복무를 할 때 역시 제한된 정보 습득 채널로 인해 종이 신문이 소중했다. 당시 나는 국방부 영내 부대에 있었는데, 국방부 청사 지하에 가면 한국의 모든 일간지를 살 수 있는 가판이 있었다. 매일 아침 출근길에 신문들의 1면을 보면서 오늘은 무엇을 읽을지 즐거운 고민을 했다. 그 시절의 향수가 남아 있어서 종이 신문을 읽는 측면도 큰 것 같다. 종이 신문을 읽는 느낌은 단순한 정보 습득 그 이상이었다. 손으로 신문을 넘길 때의 촉감과 종이에서 나는 은은한 냄새, 그리고 사진과 글자가 어우러진 지면 구성의 미감은 다른 매체에서 느낄 수 없는 특별함이었다.

신문을 읽다가 눈길이 가는 기사가 있으면 온라인으로 찾아본다. 같은 기사를 온라인에서 찾기는 생각만큼 쉽지 않다. 지면 기사와 온라인 기사의 제목이 다르기도 하고, 지면 기사와 시차를 두고 온라인 기사가 올라오기도 한다. 간혹 온라인 기사에서 더 상세하고 심층적인 정보를 접할 때면 배신감이 든다. 유료 구독자에게 가장 공을 들여야 하는 것 아닌가? 여하튼 온라인 기사는 주로 곧 발행할 '오렌지레터' 큐레이션 영역의 콘텐츠 후보다. 모바일 사파리 브라우저 창에 기사를 띄워 아이클라우드iCloud 탭에 저장하는 것으로 신문 읽기를 마무리한다. 이렇게 저장한 기사는 출근 후 PC 앞에 앉아 현재 오렌지레터 에디터인 '산리'와 공동 편집하는 노션 문서에 추가해둔다. 신문에서 얻은 정보들이 오렌지레터의 중요한 재료가 되는 셈이다.

▷ 현재 구독하는 종이 신문 《한겨레》의 토요판 'S'. 2024년 11월 16일을 마지막으로 13년 만에 막을 내렸다. 이제 토요일에 신문이 오지 않는다는 아쉬움에 간직하고 있다.

소셜 섹터 소식을 오래 전하는

뉴스레터를 시작합니다

오렌지레터는 2018년 6월 슬로워크라는 회사에서 발행을 시작한 주간 이메일 뉴스레터다. 당시 슬로워크는 사회적 가치를 우선하며 공동의 이익을 실현하기 위해 협력하는 조직들(비영리단체, 사회적 기업, 소셜 벤처 등)의 집합인 '소셜 섹터'를 대상으로 전문적인 브랜딩, 디자인, 디지털 서비스를 제공하고 있었다. 나는 슬로워크의 최고 운영 책임자COO로서 슬로워크가 업계에서 리더십을 유지하며 생태계와 고객들에게도 기여할 방법을 늘 고민했다. 슬로워크를 찾는 소셜 섹터 고객들의 가장 큰 어려움은 '홍보'와 '채용'이었다. 새로운 조직을 만들고, 캠페인을 론칭하고, 신제품을 출시하기 위해 슬로워크에 프로젝트를 의뢰하는데, 그 이후의 홍보에 대한 걱정이 늘 있었다. 그리고 높은 이직률과 만성적인 구인난의 해결책도 시급했다. 여기에 슬로워크의 기회가 있었다. 고객사에서는 제품 홍보를 위해 언론사에 보도자료를 배포하는데, 가장 소식이 빠르다는 언론사조차 보도 자료를 받는 시점에야 제품 출시 소식을 알게 된다. 그러나 제품 기획 단계부터 프로젝트 의뢰를 받는 슬로워크는 언론사보다 최소 몇 개월 먼저 제품 출시 소식을 알게 된다. 그러면 언론사를 통하지 않고, 우리가 직접 그 소식을 전달하면 어떨까? 그리고 소셜 섹터의 채용 공고도 모아서 같이 보여주자. 그렇게 탄생한 것이 오렌지레터다. 다른 SNS도 많은데 왜 하필 이메일 뉴스레터를 만들었냐고 물을 수도 있는데, 플랫폼 의존 없이 고객과의 관계를 형성하기 좋은 마케팅 채널이자 당시 슬로워크에서 이메일 마케팅 솔루션인 '스티비'를 운영하고 있었기 때문이다. 여전히 '이메일 뉴스레터' 하면 스팸이라는 인식이 강하던 때에 우리가 퀄리티 높은 뉴스레터 사례를 만들어보자는 생각으로 오렌지레터를 만들었다. 또한 이메일은 단순한 마케팅 도구 그 이상으로, 독자들과 직접 소통하고 피드백을 받을 수 있는 중요한 매개체였다.

어떤 형식의 뉴스레터를 만들지 연구하기 위해 사례를 수집했다. 나는 '스티비'를 기획하면서 뉴스레터 구독 양식만 보이면 이메일 주소를 입력하는 게 습관이 되었다. 독립적인 뉴스레터는 무조건 구독했고, 여러 회사의 홈페이지에 있는 뉴스레터 구독 양식도 발견하는 즉시 채워 넣었다. 스티비 기획에도 참고하고, 새로운 소식을 얻는 데도 그만한 방법이 없었기 때문이다. 이렇게 뉴스레터를 엄청나게 구독하다보면 '받은편지함'이 뉴스레터로 뒤덮이는데, 그때는 새로운 뉴스레터를 구독하고 '웰컴 메일'이 오면 바로 지메일의 '유사한 메일 필터링' 기능으로 발신자 주소의 필터를 만든다. 특정 주소가 발신자인 이메일은 '받은편지함 건너뛰기'를 하고 '#Newsletter'라는 라벨을 지정하도록 설정

소셜 섹터 소식을 오래 전하는

한다. 그렇게 뉴스레터마다 필터를 만들어놓으면 '받은편지함'에는 중요한 업무 메일만 도착하게 된다. 그리고 정말 유익한 뉴스레터가 있으면 '#Today'라는 라벨을 추가로 지정해서 매일 챙겨 보기도 한다. 특히 지메일은 아이디 뒤에 '+원하는 키워드'를 붙여 뉴스레터를 구독할 수 있다. 예를 들어 hello@gmail.com이 내 이메일이라면 hello+newsletter@gmail.com으로 구독을 신청해도 원래 메일 주소로 뉴스레터를 받을 수 있다. 이런 경우 키워드를 붙인 수신자 주소로 '#Newsletter' 라벨을 붙이는 필터를 하나 만들어두면 뉴스레터를 구독할 때마다 필터를 만들지 않아도 된다. 이런 편한 방법도 있지만, 새로운 뉴스레터를 읽고 한 땀 한 땀 필터를 만드는 재미가 있어서 나는 사용하지 않는다.

그렇게 구독하던 수백 개의 국내외 뉴스레터 중 한국의 스타트업 소식을 매주 전달하는 '스타트업 위클리'가 눈에 들어왔다. '투자 유치', '성과', '출시' 등으로 항목을 나눠서 각각 한 줄짜리 소식과 아웃링크로 구성한 뉴스레터다. 소셜 섹터의 한 주간 소식을 잘 정리해서 전달하려는 오렌지레터의 지향점과 잘 맞아떨어져서 스타트업 위클리를 벤치마킹하기로 하고, 스타트업 위클리의 에디터인 조승민 대표를 만나 노하우를 전해 들었다. 스타트업 위클리는 매주 월요일 오전 5시에 발송하는데, 최대한 최신 소식을 넣기 위해 발송 직전까지 편집을 하는 경우도 있다고 했다. 소셜 섹터 소식은 그 정도의 속도감이 필요하지는 않아서 우리는 매주 금요일에 편집을 마감하고 월요일 오전 7시로 발송을 예약했다. 스타트업 위클리에서 배운 것 중 하나는 뉴스의 간결함과 명확성이다. 우리는 많은 정보를 전달하려고 욕심내기보다는, 핵심적인 내용을 선별해 간결하고 명료하게 전달하는 방식을 지향하게 되었다.

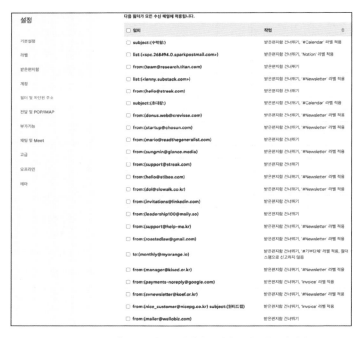

△ #Newsletter 등 자동으로 라벨이 지정되는 필터를 만들어둔 이메일 주소 목록. '받은편지함 건너뛰기'를 같이 설정해두면 받은편지함에는 중요한 이메일 업무만 남는다. 라벨을 지정한 이메일은 라벨에 따라 분류해 확인할 수 있다.

소셜 섹터 소식을 오래 전하는

오렌지레터를 채우는 기록

초반에는 오렌지레터에 게재할 소식을 찾기 위해 전방위적으로 정보를 수집했다. 첫 번째 에디터였던 '누들'이 여러 매체를 탐색하고, 관련 키워드 기사를 '구글 알리미'로 모으고, 업계 관계자들의 페이스북 피드를 살폈다. 그렇게 매주 50~60건의 링크를 수집하던 것이 점차 늘어나 한때는 한 주에 150~200건의 링크가 오렌지레터에 실리기도 했다. 이렇게 소식이 늘어난 비결은 에디터가 직접 수집하는 것과 구독자로부터 제보받는 것을 병행했기 때문이다. 변화를 꿈꾸는 사람들이 공감하고, 참여하고, 도전하도록 독려하고 싶었기 때문에 제보를 받기 시작했다. 직접 수집한 정보만 실으면 아무래도 발언권이 센 조직이나 사람의 소식으로 편향되기 쉬웠다. 하지만 소셜 섹터에서는 개인이나 신생 조직 등 홍보에 특히 어려움을 겪는 곳들도 차별 없이 소식을 전할 수 있어야 했다. 오렌지레터 구독자 중 상당수가 본인들이 만든 사업을 홍보하려는 욕구를 가진 소셜 섹터 종사자여서 '제보'가 작동할 수 있었다. 지난 6년여간 18,000건이 넘는 제보를 받았고, 매주 100여 건 제보가 접수되고 있다. '채용', '후원/캠페인/이벤트', '교육/모임', '공모/지원', '행사' 카테고리에 접수된 제보는 스크리닝을 거쳐 날짜순으로 게재한다. 현재 오렌지레터 한 통에서 전하는 소식이 100~110건 정도이기 때문에 오렌지레터의 90퍼센트 이상이 독자 참여로 구성되는 셈이다. 제보받은 소식은 '오렌지레터가 추구하는 가치에 부합하며, 소셜 섹터 구성원들에게 실질적으로 도움이 되는가'를 기준으로 스크리닝한다. 따라서 성별, 외모, 연령, 인종, 학력, 출신 지역 등에 대한 잘못된 고정관념을 강화하는 소식이라면 게재하지 않는다. 제보자들과의 소통은 오렌지레터를 더욱 풍성하게 만들며, 구독자와의 연결 고리를 강화하는 중요한 요소가 되었다.

무작정 전달하는 소식을 늘리지 않는다. 지메일에서는 메일 본문 용량이 102킬로바이트를 초과하면 도중에 내용이 잘리고 '전체 메일 보기'라는 링크가 생기며, 나머지 내용을 보려면 클릭해서 웹 브라우저로 이동해야 한다. 그래서 메일 본문 용량이 102킬로바이트를 초과하지 않도록 코드 최적화도 하고, 링크가 200건이 넘지 않도록 조정한다. 이런 기술적인 이슈 외에도 구독자가 너무 많은 소식에 압도되지 않도록 큐레이션 영역을 별도로 지정해서 관리한다. 뉴스레터 상단의 '소식', '인터뷰', '생각거리' 카테고리가 큐레이션 영역에 해당한다. 이 영역의 카테고리는 다른 카테고리와 달리 에디터가 수집한 소식과 제보로 들어온 소식 중 사회적 가치를 고려해 선별한 뒤 게재 순서를 정하고, 카테고리당 링크 수를 다섯 개로 제한한다. 대개는 수많은 소식 중 나에게 필요한 것만을 읽기 쉽게 전달받고자 뉴스레터를 구독하기 때문에 뉴스레터 본문 전체를 읽지 않고 상단 세 개 카테고리만 봐도 소셜 섹터의 주요 이슈를 알 수 있도록 하기 위해서다. 이를 통해 구독자들이 필요한 정보를 빠르게 찾고, 소셜 섹터를 대표하는 뉴스레터로서 오렌지레터의 가치를 더욱 높게 평가하도록 만드는 것이 목표다.

큐레이션 영역을 구성하기 위해 《소셜임팩트뉴스》, 《더나은미래》, 《라이프인》, 《더버터》 등 전문 매체들을 꾸준히 모니터링하면서 소셜 섹터의 흐름을 읽어내고 있다. 오렌지레터 구독자들이 모인 오픈카톡방 '오오카'가 있는데, 여기에서 나누는 대화도 소재가 된다. 몽골 이주민 강태완 님의 부고가 밤늦은 시간에 공유된 적이 있다. 26년간 한국에서 영주권을 얻지 못하고 살아온 청년이 어렵사리 회사에 취직하며 거주 비자를 얻었지만, 반년도 지나지 않아 중대 산업재해로 사망한 것이다. 강태완 님을 오랫동안 지원해온 이주와 인권연구소 김사강 연구위원의 글과 안타까운 사연을 전하는 《한겨레》 기사가 공유되면서 '오오카'는 추모의 메시지로 가득 찼다. 그리고 그다음 주 오렌지레터 '생각거리' 카테고리에서 이 소식을 다뤘다. 큐레이션 영역을 완성하기 위해 매주 금요일 오전에 산리와 내가 편집회의를 한다. 산리의 초안을 가지고 배치는 적절한지, 더 넣거나 뺄 소식은 없는지, 링크 텍스트가 원문을 정확히 반영하는지 등을 점검한다. 이러한 회의 과정은 단순한 편집을 넘어 오렌지레터가 독자에게 전달하고자 하는 메시지를 정제하고 강화하는 중요한 단계다.

아웃링크로만 채워지던 오렌지레터는 발행을 시작한 몇 달 뒤부터 최상단에 구독자들의 아침은 어떤지 안부를 묻는 인사말을 에세이 형식으로 덧붙이기 시작했다. 뉴스레터가 가지는 '편지'의 속성을 살려 구독자의 몰입도를 높이려는 목적이었다. 500~800자 사이의 에세이는 때로는 개인적인 경험을 사회 이슈와 연결 짓기도 하고, 때로는 계절성이나 시의성 있는 주제를 다루기도 했다. 에세이의 전달력을 높이기 위해 간단한 일러스트도 그려 넣었다. 디자이너 '길우'가 지금도 매주 인트로 에세이를 가장 먼저 읽고 일러스트를 그려주고 있다. 이 인트로 에세이는 시간이 지나면서 하나의 아카이브가 되어 책으로 묶이기도 했다. 2021년 6월, 이백여 명이 참여한 크라우드 펀딩을 통해 《월요일 아침 일곱시》를 출간했다. 누들과 메이, 길우의 '한 주의 시작을 알리는 다정한 인사'를 단행본으로 펴낸 것이다. 책은 단순한 기록물 그 이상으로, 오렌지레터가 지향하는 가치를 담아내고 구독자와의 연결을 강화하는 상징적 의미를 갖는다. 지금은 산리와 내가 인트로 에세이를 번갈아가며 작성하고 있다. 나는 소셜 섹터 생태계에 기여하기 위해 하고 있는 생각을 글감으로 삼는 편이다. 에세이 작성 스케줄이 정해지

소셜 섹터 소식을 오래 전하는

면 '싱스Things'라는 할 일 관리 앱에 글을 써야 하는 주의 월요일에 '오렌지레터 인트로 구상'이라는 할 일을 등록해둔다. 그리고 월요일부터 수요일까지 머릿속 한편에 이 할 일을 저장해둔다. 목요일 오전이 되면 산리와 길우에게 어떤 주제로 어떤 내용을 쓸지 대략적으로 공유하고 1차 피드백을 받는다. 그 후에 초안을 작성하고, 산리로부터 또다시 피드백을 받아 완성한다. 그사이 길우는 일러스트 시안 두 개를 그려서 나에게 제안하고, 나는 그중 한 개를 선택한다. 반대로 산리가 에세이를 쓰는 주에는 내가 피드백을 남긴다.

편집회의를 마치고, 인트로 에세이도 완성하고 나면 산리가 제보 온 내용을 모두 확인하고 전체 뉴스레터의 초안을 작성해서 테스트 메일을 발송한다. 나는 100여 건의 모든 링크를 눌러보면서 검수를 한다. 이 과정에서 산리와 함께 '슬랙'으로 계속 의견을 주고받는다. 아크Arc 브라우저를 사용하면 새 창이나 새 탭을 띄우지 않고 팝업 형태로 빠르게 링크를 들어가볼 수 있어서 검수할 때 편하다. 검수를 마치고 산리가 그다음 주 월요일 오전 7시로 발송 예약을 하면 한 주간의 오렌지레터 업무가 끝난다. 발송 예약까지 했지만 그대로 긴장을 놓칠 수는 없다. 간혹 주말에 '기후정의 행진'같이 소셜 섹터의 대형 이벤트가 예정되어 있을 때 관련 링크가 들어갈 자리를 미리 비워두고, 이벤트 종료 후 기사가 발행되면 채워 넣는다. 2022년 10월 29일 토요일, 이태원 참사가 발생했을 때도 발송 예약한 레터를 취소하고 수정했다. 참사가 발생하기 하루 전인 금요일에 예약을 해두었는데, 하필 인트로 에세이가 여행의 즐거움을 다룬 것이었다. 그래서 참사 다음 날인 일요일에 급하게 당시 에디터였던 '찐쩐', '도브리'와 논의해서 에세이를 삭제하고 간략하지만 진심을 담은 추모 메시지를 추가해 다시 예약했다. 사회 이슈를 최전선에서 다루다보니 이런 일에 민감하고 세심하게 반응할 수밖에 없다.

기록: 의미 있는 변화를 포착하고 전달하는 일

앞에서도 잠깐 언급했지만 나의 기록 습관은 상당히 단순하다. 체계적으로 정보를 저장하지도 않고, 전문적인 노트 앱을 사용하지도 않는다. 기본이 되는 도구는 총 네 가지인데, 앞서 소개했던 모바일 사파리 브라우저의 아이클라우드 탭, 맥과 아이폰의 '메모' 앱, 싱스 앱, 그리고 종이 노트다. 저장하거나 공유할 만한 웹 문서를 발견하면 아이클라우드 탭에 띄워놓는데, 탭을 열고 30일이 지나면 자동으로 삭제되게 설정해뒀다. 30일 동안에 아무런 액션도 하지 않는다면 꼭 필요하지 않은 문서인 셈이라 삭제되는 게 아깝지 않다. 메모 앱은 스마트폰과 노트북에서 가장 빠르게 열

소셜 섹터 소식을 오래 전하는

어 기록할 수 있기 때문에 애용한다. 체계적으로 기록하는 것보다 내 머릿속에서 휘발되지 않았을 때 기록하는 게 우선이기 때문이다. 단순한 메모가 아니라 할 일과 연결되는 것이라면 싱스 앱에 기록한다. 나는 앱 배지에 '1'(안 읽은 메시지)이 남아 있는 것을 참지 못하는 사람이기 때문에 주로 시급한 메모가 싱스 앱에 추가되고, 빠르게 '해결'된다. 해결한 기록도 로그로 남기 때문에 좋다. 이렇게 최대한 디지털로 기록하려고 한다. 종이 노트를 즐겨 쓰던 시절, 집이나 직장에 노트를 두고 온 경우 다른 곳에서는 필요할 때 쓰지 못해 낭패를 본 경험이 많았기 때문이다. 그리고 매우 악필이라 내 글씨를 나도 알아보기 어려울 때가 많아서 최대한 디지털로 기록하려고 한다. 다만 1년에 한 번 있을까 말까 하지만, 스마트폰 배터리가 방전되거나, 다른 사정으로 못 쓰게 될 경우를 대비해서 종이 노트도 언제나 비상용으로 갖고 다닌다. 비상시가 아니더라도 중요한 미팅처럼 노트북이나 스마트폰을 꺼내기 애매한 환경이면 종이 노트를 꺼낸다. 이처럼 디지털과 아날로그를 혼용해 기록을 유지하는 것은 다양한 상황에 대비하기 위한 나만의 방식이다.

이 글을 쓰기 전에 나의 정체성을 '에디터'라고 할 수 있는가 많이 고민했다. 앞서 얘기했듯 오렌지레터 에디터로서 누들, 메이, 찐쩐, 도브리를 거쳐 산리가 있고, 나도 편집 과정에 참여하기는 하지만 메인 에디터는 그들이었기

△ 지금 사용하는 노트. 바르셀로나 현대미술관(MACBA)에서
발견하고 문구가 마음에 들어서 구매했다.

▷ 싱스 앱에는 계획적으로,
그리고 순간적으로 할 일을
기록해두고 해결한다.

소셜 섹터 소식을 오래 전하는

때문이다. 그러다가 나의 첫 번째 커리어가 떠올랐다. 생계는 아니었기 때문에 직업이라고 할 순 없지만 이름을 걸고 많은 활동을 했기 때문에 사회생활이라고는 할 수 있을 것 같다. 중학교 2학년 때 어김없이 학교를 다녀와서 종이 신문을 읽다가 눈에 띈 단신이 있었다. 다음커뮤니케이션에서 《채널텐Ch.10》이라는 청소년 웹진을 창간했다는 소식이었다. '청소년을 위한, 청소년에 의한, 청소년 웹진'이라는 슬로건이 마음을 사로잡았다. 청소년 당사자로서 청소년의 권리를 주장하는 데 관심이 많았기 때문에 바로 사이트에 들어가봤고, 필진을 모집한다는 글을 보고는 메일을 보냈다. 그렇게 필진으로 활동하다가 1997년 외환 위기로 다음커뮤니케이션의 사정이 어려워졌고 웹진 운영을 중단한다는 소식을 듣게 되었다. 그대로 없어지는 게 정말 아쉬워서 같이 필진 활동을 하던 또래 동료들과 논의해서 다음커뮤니케이션에 이런 제안을 했다. 서버만 유지해줄 수 있다면 운영은 우리끼리 알아서 해보겠다고. 다행히 그 제안이 받아들여져서 《채널텐》은 청소년들이 서버 관리만 제외하고 기획부터 프로그래밍까지 모두 책임지는 웹진으로 변모했고, 제안을 이끌었던 내가 초대 편집장을 맡았다. 세계 곳곳에 팀원들이 있었기 때문에 한 공간에 모여서 작업하는 게 아니라 현재 리모트 워크를 하는 것과 거의 유사하게 협업했다. 이메일을 주고받고, 메신저로 대화하고, 인트라넷 게시판에 업무 진행 상황을 아카이브했다. 이때는 스마트폰이 없었기 때문에 컴퓨터를 사용할 수 있는 제한된 시간 외에는 종이 노트에 주로 기록했다. 수업 시간에 교과서 옆에 노트를 살짝 펼쳐놓고 적거나, 길을 걷다가 문득 떠오르는 아이디어를 적기도 했다. 그 시절에 사용했던 다양한 크기와 모양의 노트를 27년이 지난 지금도 보관하고 있다. 이런 기록들은 나에게 중요한 자산이 되었고, 지금의 나를 만들어준 소중한 흔적들이다.

《채널텐》에서 '펭도'라는 닉네임을 사용했고, 오렌지레터에서도 '펭도'라는 이름으로 글을 쓰고 있다. 에디터로 사회생활을 시작했을 때 만든 이름을 지금도 쓰고 있으니 에디터의 정체성을 잃지 않았다고 할 수 있다. 《채널텐》 활동을 하면서 여기저기 글 쓸 기회를 많이 얻었다. 시사 월간지라든가 당시 인기 있던 학습지에서 만든 잡지에 기고하기도 했다. 청소년 인권과 관련한 토론회나 포럼에 패널로 참여하면서 원고료를 받기도 했다. 《채널텐》과 그때 함께 일했던 동료들은 2000년 중고생 두발 제한 반대 온라인 서명운동 '노컷'과 2002년 청소년 선거권 운동 '낮추자'를 추진하는 기반이 되기도 했다. 그렇게 디지털 매체를 통해 사회 변화를 이끄는 경험을 했기 때문에 지금의 오렌지레터도 끈기 있게 6년 이상 발행해나가고 있는 것 같다. 오렌지레터는 단순히 정보 전달의 역할을 넘어 내가 청소년 시절부터 꿈꿔

소셜 섹터 소식을 오래 전하는

왔던 사회적 변화를 실현해나가는 도구다.

정보 과잉 시대에 소셜 섹터의 의미 있는 변화를 포착하고 전달하는 일, 그것이 바로 내게 있어 기록의 의미다. 매주 월요일 아침, 구독자들의 받은편지함에 도착하는 오렌지레터가 한 주를 시작하는 힘이 되길 바라는 마음으로 기록을 이어가고 있다. 오렌지레터가 구독자들에게 작은 영감을 주고, 그들의 삶에 긍정적인 변화를 일으킬 수 있기를 바란다. 단순한 일회성의 정보 제공이 아니라 구독자들과 지속적인 관계를 형성하고 소통하며 함께 성장해나가는 여정이 된다면 더할 나위가 없을 것이다.

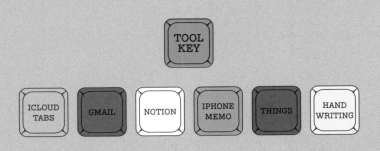

조성도

청소년 웹진 《채널텐》 편집장으로 사회생활을 시작했고, 대학생 시절에 두 차례의 창업을 경험했다. '슬로워크' 대표를 거쳐 현재는 AI 기술을 기반으로 사회적 가치를 창출하는 임팩트테크 기업 '마이오렌지' 대표를 맡고 있다. 2018년부터 소셜 섹터 소식을 매주 전달하는 이메일 뉴스레터 '오렌지레터'를 운영하고 있으며, 저서로 《일잘러를 위한 이메일 가이드 101》이 있다.

인스타그램 @pengdo

소셜 섹터 소식을 오래 전하는

EDITOR
006

"기록은 어떤 식으로든
보이지 않는 것을 보이게 해준다."

김희라 · 어피티 편집장

REVEAL
HIDDEN

Print

경제 뉴스를 매일 전하는 기록법

봄: 기록의 시작

2024년을 시작하며 일상에 두 가지 중요한 변화가 있었다. 오랜만에 매일 일기를 쓰기 시작했고, 매일매일 발행하는 경제 뉴스레터의 편집장이 됐다. 일기는 1월 1일부터 썼으며 첫 출근은 다음 날인 1월 2일이었다.

내키면 가끔 한 번씩 쓰고 말던 일기를 마음먹고 매일매일 쓰게 된 건 친구의 말을 듣고 생긴 호기심 때문이었다. 파티시에인 친구와 나는 평소 일에 관해 이런저런 이야기를 자주 나누는데, 하루는 내가 유독 한숨을 푹푹 쉬었더니 친구가 그 모든 걱정을 없애는 방법을 안다고 했다. 반색하며 그게 뭔지 당장 가르쳐달랬더니 싱겁게도 일기를 쓰라는 답이 돌아왔다. 처음엔 실망할 뻔했으나 이어진 친구의 방법론은 꽤 흥미로웠다. 먼저, 연도 없이 날짜만 있는 365개의 문서를 만든다. 에버노트나 원노트같이 디지털 필기 전용 툴을 쓰는 것이 좋다. PC 폴더에 수백 개 문서 파일을 생성해 쓸 수도 있지만, 이런 툴을 이용하면 일기 파일 사이를 훨씬 쉽고 가볍게 오갈 수 있어 365일의 일기를 한 묶음으로 인식할 수 있다. 그다음엔 매년 같은 날짜의 파일에 일기를 쓰기만 하면 된다. 그렇게 하면 자연스럽게 일기를 쓸 때마다 과거 오늘 날짜에 쓴 일기를 보게 되는데, 당시 했던 걱정이나 고민은 흔적도 없이 사라진 경우가 대부분이라고 했다. 나는 친구가 시간을 자기편으로 만드는 방법에 크게 감명받아 매일 일기를 쓰기로 결심했다. 마침 새해였고, 나는 눈앞에서 근심 걱정이 사라지는 기적을 믿을 준비가 돼 있었다.

당연하게도 작년에 써둔 일기가 없던 나는 친구가 말한 효과를 구경도 할 수 없었다. 기왕 쓰기로 한 거, 내년의 나를 위하는 심정으로 꼬박꼬박 일기를 써 내려갔다. 며칠이 지나자 처음에 기대했던 근심 소멸의 소원 성취 같은 건 더는 중요하게 느껴지지 않았다. 매일 그날 있었던 일을 기록하고, 하루 동안 나를 거쳐간 생각과 감정을 들여다보는 것 자체에서 충분한 재미와 의미를 느낄 수 있었다. 지난 7년을 한 회사에서 편집장이자 운영 이사로 바쁘게 일하는 동안 마음 한편엔 늘 불안이 있었다. 정신없이 사느라 내가 인생에서 진짜 중요한 걸 놓치고 있을지도 모른다는 막연한 걱정에서 비롯한 불안이었다. 가끔이라도 차분히 하루를 돌아볼 엄두를 내지 못했고, 날짜 감각이 흐려진 채 시간을 자루에 담아서 포대째 쓰는 데 익숙해지고 있었다. 이런 생활 방식은 불안감을 증폭하는 지름길이나 마찬가지였다.

　의식처럼 밤마다 일기를 쓰며 깨달은 게 있다. 인간의 불안이란 빠르게 달려 어딘가에 도착한다고 해서 사라지지 않으며, 다만 자신이 어디에서 무얼 하고 있는지 끊임없이 알아차림으로써 비로소 잠재울 수 있다. 몇 시에 일어나서 점심엔 무얼 먹었으며 낮엔 누굴 만났고 일은 어땠는지 또 하루가 끝난 내 기분은 어떤지 들여다보는 것만으로도 마음은 전과 비교할 수 없이 평온해졌다. 대화가 필요할 땐 자기 자신과 나누어도 된다는 걸 안 순간, 나는 진심으로 앞으로의 인생이 조금 덜 걱정되는 걸 느꼈다.

　흥미로운 건 자기 자신과의 대화도 어쨌든 대화여서, 언제나 그 결과는 오간 말의 합보다 크다는 사실이었다. 사람 간의 대화가 각자 할 말만 하는 것으로 끝나지 않고 공감과 위로, 혹은 오해나 진실을 낳듯이 일기 쓰기도 마찬가지였다. 처음에 쓰는 것은 내가 익히 다 아는 이야기들이다. 그러나 그 이야기에 깊이 빠져들어 진술한 생각과 감정을 터

경제 뉴스를 매일 전하는

놓다보면 비로소 모습을 드러내는 것들이 있다. 내 감정을 토해내듯 써 내려가다가 상대방의 마음은 어땠을지 알게 될 때도 있고, 반대로 남들이 어떻게 생각할지 실컷 걱정하다가 그때 정작 내 감정은 무엇이었는지 헤아리게 될 때도 있다. 대단한 깨달음이 없어도 상관없었다. 혼란스러웠던 감정을 '혼란스러웠다'라는 문자로 써서 눈으로 보는 것만으로도 충분했다. 분명한 건 기록은 어떤 식으로든 보이지 않는 것을 보이게 해준다는 사실이었다.

△ 왼쪽의 날짜 목록을 클릭하면 오른쪽에서 바로 일기를 볼 수 있다. 작년 오늘의 일기를 먼저 읽고 오늘의 일기를 문서 맨 위에 쓰면 된다.

내가 '어피티'에서 하는 일도 일상의 기록과 비슷한 맥락에 놓여 있다는 생각이 들었다. 뉴스레터는 이메일로 받아보는 뉴스다. 그리고 많은 사람이 이메일을 업무 용도로 사용한다. 이메일함은 업무 이메일과 온갖 알림이 쏟아지는 분주한 교차로다. 그런 곳에 선택받아 들어가는 뉴스레터는 분명한 역할을 하지 않으면 살아남을 수 없다. 경제를 중심으로 아침에 장이 열리자마자 무슨 일이 있었고, 점심 무렵 환율은 어땠는지, 기업의 분기 실적 발표는 시장에 어떤 영향을 주었고, 이 모든 소식 속에서 무엇을 느끼고 깨달아야 하는지 충실한 기록을 전달함으로써 존재 가치를 증명해야 한다. 매주 늘어나는 독자들에게 매일 경제 뉴스레터를 보내는 이유가 독자들로 하여금 세상에 보이지 않는 많은 것을 보게 하기 위함이라고 생각하면 자부심과 자신감을 가질 수 있다. 바쁜 이의 이메일함을 좀 더 당당하게 노크해도 될 것 같은 생각이 든다. 그렇게 매일 일기를 쓰고, 뉴스레터를 편집하는 일을 한 지 한 달쯤 되어가던 1월의 어느 날 이런 인사말로 뉴스레터를 시작했다.

지금은 당연하게 생각하는 계절과 절기를 구분하기까지 누군가는 매일매일 날씨를 관찰했겠지요? 우리도 하루하루 그날의 경제 날씨에 관심을 기울이다보면 어느새 더 큰 흐름을 느낄 수 있을 거예요.

경제 뉴스를 매일 전하는

내친김에 작은 변화도 주었다. '머니레터'는 마지막에 '머니레터를 만드는 사람들'의 짧은 코멘트를 돌아가며 싣는데, 콘텐츠 생산에 직접 관여하지 않는 모든 팀원의 코멘트도 소개하기로 했다. 경제 뉴스라는 기록을 만들어내는 우리가 기록을 통해 삶의 모든 영역에서 보이지 않는 것을 보기 위한 시도를 이어가는 사람들이라는 걸 은은하게 전할 방법이라고 생각했기 때문이다.

밤: 기록을 통해 건져 올리기

어피티에 오기 전엔 매거진을 만들고, 단행본을 편집하고, 다양한 브랜드와 일했다. 어피티와 인연을 맺은 것도 어피티에서 낸 첫 책의 편집과 출간을 맡으면서였다. 모든 일이 그렇겠지만 편집도 이상하게 할수록 어려웠다. 연차가 쌓일수록 하는 일은 많아지는데, 편집 과정에서 막상 내가 할 수 있는 게 많지 않다고 자주 느꼈다. 그럼에도 어떻게든 더 잘하고 싶어서 내가 집중한 건 원고가 내게 온 다음이 아니라 원고가 쓰이기 전 단계였다. 도자기로 치면 원고가 아직 흙 반죽일 때의 타이밍을 공략하기 위해 내가 찾은 나름의 비장의 무기는 바로 '원고 청탁 이메일'이라는 기록이었다. 가끔 아예 다른 분야에서 일하는 사람들은 내가 '청탁'

에디터의 기록법

이라는 말을 입에 올리면 움찔하기도 하는데, 보통은 '원고 청탁'보다 '부정 청탁'을 훨씬 더 자주 접하니 생기는 일이었다. 원고를 써달라고 '청'하고 부'탁'하는 일이 어떻게 기록이자 무기씩이나 될 수 있느냐고 묻는다면, 청탁이 세상에 없는 것을 눈에 보이게 만들기 위한 최초의 단계이기 때문이라는 것이 나의 답이다. 나는 여기에 무한한 자유보다 좋은 제약을 더해 나만의 무기를 만들었다.

제약의 필요와 기능에 대해 진지하게 고민하기 시작한 것은 창업한 회사에서 '초단편 소설 프로젝트'를 진행하면서부터였다. 일본에서는 손바닥만 한 짧은 이야기라는 의미로 손바닥 '장(掌)' 자를 써서 '장편('長篇'이 아닌 '掌篇'이다)', 영미권에서는 'Short short story'라는 다소 파격적인 이름으로 불리는 이 장르는 국내에서 본격적으로 정의되고 활발히 다뤄진 사례가 없었다. 이걸 본격적으로 해보기로 하고 내로라하는 국내 작가들에게 원고지 10매, 글자 수로는 2000자 내외의 초단편 소설을 청탁했다. 보통 문단에서 통용되는 단편소설 분량의 10분의 1 수준에 해당하는 그 자체로 가장 강력한 제약에 나는 몇 가지를 더 덧붙였다. 영화도 마찬가지지만 소설은 장편이냐 단편이냐 하는 '길이' 자체가 아주 중요한 장르가 된다. 그리고 그 길이를 결정짓는 것은 '사건의 크기'다. 우리가 좋은 작품이라 부르는 것들은 대개 이야기의 길이에 알맞은 사건의 크기를 가졌다. 엄청나게 큰 사

경제 뉴스를 매일 전하는

건을 짧은 글에 담을 수도 있겠지만, 완결성을 갖추기 어려울 가능성이 높다. 그리하여 나는 대다수의 작가가 써본 일이 없는 이 초단편이라는 장르의 글이 긴 글의 일부나 긴 이야기의 압축이 되지 않고, 그 자체로 완결성을 가져야 한다는 사실을 강조했다. 초단편이라는 장르의 길이에 맞는 사건을 써달라고 부탁한 것이다. 70여 명의 작가들에게 몇 달에 걸쳐 차례로 원고를 청탁했는데, 그날그날 작가들로부터 오는 반응과 질문을 살피며 밤마다 사무실에 홀로 남아 청탁 이메일을 수정했다. 청탁 이메일은 그 자체로 기록이 되어 최초의 단계를 점점 탄탄하게 만들었다. 나중에 가서는 청탁받은 작가가 동료 작가에게 들어 어떤 작업인지 익히 알고 있었고 요청을 기다리고 있었다고도 했다. 이렇듯 '우리'가 아직 보지 못한 것을 상상하고 만들어내는 과정에서도 기록은 작동했다.

분야가 경제로 바뀌어도 '좋은 제약' 이론은 여전히 유효했다. 오히려 더 중요했다. 무엇이든 할 수 있는 사람에게 좋은 콘텐츠를 얻으려면 무엇이든 다룰 수 있는 자유로움보다는, 독자 입장에서 중요한 요소에 집중하는 제약을 주는 게 필요했다. 외신 전문가에겐 평범한 2030 세대 독자 대다수가 피부로 느낄 수 없는 '전 세계 주요 도시 부동산 동향' 대신 '다른 나라의 청년들은 어떤 집에 얼마를 내고 사는지' 써달라고 했고, 굴지의 투자 전문가에겐 집과 노후가 준비된 사람들이 궁금해하는 '거시경제 동향'이 아니라 'MZ 세대가 장차 투자자로 살아가기 위해 알아야 하는 거시경제의 기초'를 알려달라고 했다. 팀 내에서는 그런 일이 숨 쉬듯 일어났다. 글이 뾰족할수록 그날 독자 피드백 개수가 치솟는 걸 오랜 시간 경험해온 동료들은 콘텐츠 주제가 잘게 쪼개질수록 즐거워하고 의지를 불태웠다. 단신 뉴스와 심층 뉴스부터 각종 칼럼까지 '머니레터'에 실리는 콘텐츠를 도맡아 작성하는 옆자리 동료는 내가 까탈을 부릴수록 나를 칭찬하고 흡족해했다. 그와 한 몸처럼 일하며 나는 종종 인상적으로 본 영화 〈지니어스〉 속 장면을 떠올리곤 했다.

헤밍웨이와도 작업한 유명 편집자 맥스 퍼킨스(콜린 퍼스 분)는 뉴욕의 모든 출판사가 거절한 토머스 울프(주드 로 분)의 원고를 읽고 그가 '편집자 인생에 한 번밖에 못 만나는' 천재임을 알아본다. 퍼킨스의 지지와 도움으로 마침내 울프는 첫 책을 출판하고, 평단의 호평 속에 화려하게 데뷔한다. 데뷔작 초고도 무척이나 방대해 편집에 엄청난 품이 들었건만, 첫 책의 성공으로 창작열에 기름을 부은 울프는 말 그대로 영혼을 갈아 넣은 차기작 원고를 가져오는데, 그 분량이 무려 5000페이지에 달했다. 좋은 작품임이 틀림없었으나 퍼킨스는 '소용돌이와 같은' 그의 문체가 작품의 흐름을 방해한다고 보았다. 그리고 영화는 상극의 두 파트너가 이 난관을 헤쳐나가는 과정을 밤거리를 쏘다니며 나누는 두

경제 뉴스를 매일 전하는

사람의 숨 가쁜 대화 속에 낭만적으로 녹여냈다. 영화 최고의 명장면이었다.

　내부에서 쓴 뉴스를 편집하는 데는 반나절, 외부 전문가로부터 얻은 원고를 편집하는 데는 내가 섭외와 청탁에 얼마나 부지런했느냐에 따라 길게는 일주일에서 짧게는 만 하루의 시간이 주어진다. '자유보다 나은 제약'을 건넨 뒤 나는 막상 분량은 '넘치게 달라'고 부탁한다. 원고에 관한 한 편집자의 일은 없는 것을 더하는 것이 아니라 덜어내는 것이어야 한다고 믿기 때문이다. 애초에 불친절하고 듬성듬성한 글을 쉽고 친절하게 탈바꿈시키기란 너무 어려운 일이다. 반대로 편집자를 믿고 모든 걸 쏟아준 글은 어린아이도 읽고 이해할 수 있는 저력을 가진다. 다만 그 덜어내는 과정에서는 고민과 조율이 필요한데, 영화에서처럼 저자들과 매번 밤거리를 나란히 걸으며 토론할 자리를 얻을 수는 없는 노릇이기에, 나는 퍼킨스가 울프에게 던졌던 것과 같은 질문과 제안을 메모로 꼼꼼하게 기록한다. 가장 많이 하는 질문은 초점이 두 개인데 하나로 좁히기 위해 이런 이런 내용들을 덜어내도 되겠느냐는 것이다. 가끔은 내가 원고에 길을 내기는커녕 발로 바닥을 비벼서 길을 지우는 것처럼 느껴질 때도 있다. 그러나 좋은 제약에 충실해 넘치게 쓴 글은 그 안에 반드시 완결성을 품고 있기 마련이고, 나는 엉덩이 싸움을 해서 그걸 건져 올리면 된다. 그러므로 '덜어내는' 과정을 거칠 수 있다는 건 편집자로서 기본적으로 감사할 일이다.

퍼킨스도 이삿짐 상자 세 개에 실려서 사무실로 들어오는 울프의 원고를 보며 처음엔 기가 찼겠지만, 막상 그것들을 읽을 때는 모든 걸 쏟아부어 모자람 없는 그의 글을 사랑하지 않을 수 없었을 것이다. 그렇게 용기 있고 수고롭게 쓰인 원고는 그만한 존중을 받을 자격이 있다. 나의 모든 메모와 질문이 뉴스 작성자와 저자에게 전달되는 것은 아니다. 처음엔 많은 것이 적히지만 갈수록 하나씩 사라진다. 누구에게도 전달되지 않는 기록도 많지만, 나는 수많은 기록을 남기는 과정에서 스스로 답을 얻고, 글 속에 좀 더 완만한 길을 내며 독자에게 쉽게 읽히는 글을 만들려고 노력한다. 그러다보면 메아리로 흩어진 줄 알았던 목소리는 언젠가 선명한 귓속말로 돌아온다. 그렇게 얻은 원고들을 엮어 뉴스레터를 내보내고 하루 수십 개씩 쏟아지는 피드백에 보람을 느끼고, 때론 반성하며 금세 어피티와의 반년이 지났다.

여름: 위기의 순간, 기록의 힘

어느덧 여름이었다. 매일 두세 개씩 이어지던 회의도 잦아들고 그해 채용도 마무리되었다. 유능한 동료들과 기라성 같은 저자들의 원고를 꼬박꼬박 받으며 나만 잘하면 되는 평온한 나날이 이어지는가 싶던 어느 날, 위기가 닥쳤다. 8월 초, 전 세계 증시가 일제히 폭락한 것이다. 평범한 아침이지만 결코 여느 때와 같지 않은 아침을 맞으며 나는 깨달았다. 어피티의 편집장으로 일하는 한 앞으로 경제 위기는 곧 나의 위기라는 걸. 아무리 많은 사람이 나누어도 반으로 줄지 않는 국내 증시의 슬픔을 매일매일 함께 나누어야 한다는 걸 말이다.

금요일부터 불안한 조짐이 있었다. 주말이 지나고 월요일 장이 열리자마자 일본, 대만 등 아시아 증시가 폭락함과 동시에 우리나라 코스피와 코스닥 지수도 10퍼센트 넘게 급락했다. 문자 그대로의 난리통이 이어졌다. 결국 사람들이 주식을 마구 매도하는 시장의 혼란을 방지하기 위해 선물과 주식 거래를 각각 일시적으로 중지하는 '사이드 카'와 '서킷 브레이커'가 동시에 발동되었다. 4년 5개월 만의 일이었다. 당시 상황을 요약하면 미국에서 시작된 너울이 초대형 해일이 되어 전 세계를 덮친 형국이었다. 팬데믹 당시 시장에 워낙 많은 돈을 푼 탓에 미국은 물가가 치솟는 인플레이션이라는 후유증을 겪고 있었고, 금리를 인상함으로써 그간 푼 돈을 거둬들이기 위해, 쉽게 말해 경기를 침체시키려고 애쓰는 중이었다. 막상 노력이 효과를 발휘해 고용 지표들이 떨어졌고, 여기에 '빅테크' 기업들의 실망스러운 실적 발표까지 겹치며 시장의 불안이 폭발했다. 도미노처럼 이어진 하락장이 그 결과였다.

결론적으로 당시 폭락했던 주가는 그 주에 대부분 반등 및 회복하며 사태는 일단락되었다. 그러나 그것은 어디까지나 결과일 뿐, 파도가 요동치는 바다 한가운데서 곧 잠잠해질 테니 무작정 배의 짐을 다 버리거나 무리하게 더 싣지 말고 차분히 기다리고 말할 수 있는 사람은 없었다. 각국의 중앙은행 정도가 '진정하라'고 말할 수 있을 뿐이었다. 자고 일어나면 다시 혼란이 시작되고, 간밤에 정리한 뉴스와 정세는 금세 수명을 다할 거라는 걸 알아도 우리는 그날그날 모든 뉴스와 리포트를 읽고 충실하게, 그리고 최대한 쉽게 풀어서 오늘 일어난 일을 전달할 의무가 있었다. 이때야말로 보이지 않는 것을 보게 하는 기록이 힘을 발휘할 때라고 생각했다.

나 역시 증권 계좌, ISA 계좌, 연금 계좌를 통해 주식에 투자하는 투자자다. 당시를 겪으며 가장 아찔했던 순간은 내가 가진 주식이 하루에 최대한으로 떨어질 수 있는 하한가를 꽉 채우며 폭락했을 때도 아니고, 이럴 때 맞춰 미리 사거나 팔지 못해서 막지 못한 손해나 얻지 못한 이득을 떠올렸을 때도 아니다. 지금처럼 꾸준히 경제 뉴스를 읽지 않았을 때 이런 상황을 맞은 나를 떠올리는 게 가장 아찔했다. 얼마 되지도 않는 주식을 모두 팔아치우고 끝났으면 그나마 양

경제 뉴스를 매일 전하는

반이고, 역시 주식은 위험한 것이라며 투자에 관심을 끊고 더 나아가 경제 공부에 눈감는 좋은 핑곗거리로 삼았을지도 모르기 때문이다. 어떻게 하면 빠르고 효과적으로 자산을 불릴 수 있을까 고민하던 미래에 대한 관심은 당면한 불안 앞에서 모두 뒷전으로 밀려난다. 하지만 미래는 결국 매일매일을 기록하고 들여다보는 사람, 위기 상황에서 그 어느 때보다 '현재'에 대해 알고 싶어하는 사람의 것이다. 우리는 현재에 관한 정확한 분석을 우리가 늘상 지향하는 대로 쉽게 전하면서도 불안만 증폭시키는 경마식 중계와 거리를 두기 위해 머리를 맞댔다. 주식시장이 다시 평소 수준으로 회복하기까지 여러 날의 긴 하루를 보냈다.

세상에 공짜는 없는 법. 혹독한 며칠을 보내고 또 한 가지를 배웠다. 친절하고 쉬운 뉴스를 전달하려면 편집광적인 고민과 괴팍한 토론을 일삼아야 한다는 걸 알게 됐다. 경제는 숫자인 것 같다가 결정적인 순간엔 욕망 그 자체다. 사람들이 어느 부분에서 가장 불안해한 것인지(값싼 엔화를 끌어다 투자하던 돈이 거둬들여진 것 때문인지, 경기 침체 예고편이라는 샴의 법칙을 충족했기 때문인지) 무엇이 진짜 원인이 될 수 있고, 무엇이 결과에 끼워 맞춘 이야기인지, 서로 '그거 확실한 거예요?(책임질 수 있어요?)' 같은 말을 종일 정중하게 주고받았다. 어린이 TV 프로그램을 기획하는 회의가 그렇게 살벌하다고 어디선가 읽은 적이 있다. 교육적인 내용을 충분히 쉽게 설명하는 과정에서 사실의 왜곡이 일어날 여지는 없는지 집요하게 따지고, 그래서 이게 정말 아이들에게 재미있고 유익한지 끊임없이 의심하는데, 제작에 참여하는 사람 중 그 누구도 실제로 어린이가 아니기 때문에 이 분야에서 오래 일한 사람일수록 자기 자신을 강하게 경계한다는 내용이었다. 어찌 보면 우리의 사정도 비슷하다고 볼 수 있었다. 경제와 금융 전문가로서 곳곳을 누비는 사람들이 모인 팀에서 어린아이도 읽을 수 있는 쉬운 경제 뉴스와 콘텐츠를 꾸준히 생산한다는 건 엄격한 자기 검열이 없이는 어려운 일이다.

10년 차 편집자인 나는 어피티로 오기 전 대부분의 시간을 경제 뉴스와는 거리가 있는 분야에서 일했다. 8월 전 세계 증시 폭락 사태를 겪으며 깨달은 건 아직 모든 것이 익숙해지기 이전 상태의 소중함이었다. 어린아이 같은 존재로 이 팀에 존재할 수 있는 당분간의 시간에 큰 의미가 있다고 생각했다. 오히려 감사한 일이라 생각하고 날마다 새롭게 발견되는 나의 무지를 일기에 열심히 기록했다. 그중 특히 집착한 건 이름이다. 정치인부터 재계 인사까지 호텔 VIP의 자동차 번호를 모조리 외워 전설이 된 도어맨의 이야기를 본 적이 있다. 나는 그분의 발치라도 따라가자는 심정으로 경제 부처와 금융 당국 주요 인사들의 이름을 일기에 자주 끄적였다. 이번처럼 무슨 일이 터졌을 때 누구의 입을 가장 먼저 좇아야 하는지 더 빨리 알고 싶었다. 언젠가 지독

경제 뉴스를 매일 전하는

△ 나(왼쪽)와 어피티 대표 JYP(오른쪽).
(출처: @desker_official)

한 고인 물이 되어서 경제와 금융 지식에 훨씬 밝은 편집자
가 되더라도 과거의 어린아이가 내게 올바른 방향을 가르
쳐주길 바라면서.

그리고 매일매일: 기록은 계속된다

나름의 곡절을 겪고 경제 뉴스 편집에 자신감이 붙자 다
른 코너들에도 눈이 가기 시작했다. 그중에서도 특히 눈이
간 건 '머니레터' 최장수 인기 코너 '머니로그'다. 연재한 지
5년이 넘어가는 이 코너는 독자들이 재무 현황과 소비 습
관을 꼼꼼히 기록하고 거기서 발견된 돈 고민을 어피티에
보내면, 전문가가 공감하고 솔루션도 주는 내용으로 채워

진다. 처음엔 아무리 익명이라고는 하나 누가 연봉부터 통장 잔액까지 다 보내줄까 싶어 걱정했다고 들었다. 지금은 과거 그런 걱정이 무색하게도 매주 수십 편의 투고가 쏟아지고 독자들이 가장 많은 애정을 보내는 대표 코너로 활약하고 있다.

언뜻 머니로그는 독자와 전문가 사이에서 편집자는 식은 죽을 떠먹기만 하면 되는 콘텐츠라고 볼 수도 있었지만, 나에게는 이 원고가 매번 가시처럼 목에 걸렸다. 내가 독자에게 원고를 직접 청탁할 수도 없고, 독자의 실제 경제생활을 멋대로 편집할 수도 없는 상황에서 콘텐츠의 잠재력을 최대한으로 끌어내지 못하고 있다는 생각이 들었다. '머니레터'의 독자이던 시절엔 나도 머니로그를 참 재미있게 읽었다. 바쁠 땐 뉴스를 건너뛰고 오늘은 누가 얼마를 벌어 얼마를 쓰는 사연을 보냈나 머니로그만 훑어볼 때도 많았다. 평소 각종 할인과 적립 혜택을 챙기며 알뜰살뜰 아끼다가 팝업 스토어 같은 데서 한 달 식비가 훌쩍 넘는 돈을 써버리고 머리를 쥐어뜯는 이름 모를 또래의 일상을 구경하거나 나보다 한참 어린데도 불구하고 일찌감치 종잣돈을 만들어 야무지게 굴리는 모습에 자극을 받는 게 즐거워 매주 질리지도 않고 재밌게 읽었다.

하지만 《안나 카레니나》의 첫 문장처럼 사람들의 돈 고민 (불행)은 제각기 다른데, 거기에 내가 편집자로서 갖고 있는

경제 뉴스를 매일 전하는

솔루션(행복)의 기준은 매번 비슷하지 않은지 의심이 들었다. 이 콘텐츠를 더 잘 이해하고 더 잘 편집할 수 있으려면 뭘 해야 할까 고민하다가 나는 직접 독자가 되기로 했다. 청년을 위한 재무 상담과 설계를 도와주는 곳을 찾아 예약하고 방문해 상담을 받았다. 그리고 상담 전 상담 선생님이 채워 오라는 것을 채우며 이 작업이 생각보다 힘들다는 걸 알게 되었다. 그리고 내 경제생활에서 고민이 무엇인지 스스로 정의하는 것도 쉽지 않았다. 염탐이라고 생각하며 방문했던 곳에서 나는 누구보다 진지하고 열성적인 자세로 필기까지 꼼꼼하게 해가며 재무 상담을 받았다. 머니로그를 편집하며 답답했던 것은 내 경제생활을 꼼꼼하게 따져보고 기록해본 적이 없어 '경제생활 해상도'가 낮았던 나의 경제 시력에서 비롯한 문제였다. 나는 365개의 일기가 든 폴더에 가계부 파일을 만들었다. 보이지 않는 것을 보기 위한 또 다른 기록이 추가되었다.

　무슨 일이 있었던 건지 정확히 알게 되는 것만으로 삶은 좀 더 나아진다. 대단한 홍보도 한 적 없는 경제 뉴스레터를 40만 명이나 되는 사람들이 구독하게 된 건 내가 꾸준히 일기를 쓰게 된 계기와 비슷할 거라고 생각한다. 우리 구독자들은 매일매일 무슨 일이 일어나는지 알기로 결심한 사람들이다. '폭등'이나 '대박' 같은 단어들 사이에서 흔들리지 않고, '폭락'과 '비명' 같은 말들에 겁먹지 않고 자신이 어디에 있는지 알기를 택했기에 매일 이메일함을 여는 것이다. 일기가 누적될수록 삶의 진실을 비추듯, 경제 뉴스를 하루하루 읽어나갈 때 진짜 내가 살아가는 세상의 윤곽이 드러난다. 기록은 반드시 내가 의식하고 쓴 것, 그 이상을 내놓는다. 그것을 읽을 때마다 더 선명한 세상을 만난다. 에디터로 사는 한 내게 기록은 단순한 행위가 아니라 모든 원고를 첫 번째로 읽고 다듬을 수 있는 자격을 얻는 방식이자, 독자에게 가장 가까이 다가가는 길이다. 삶은 일어난 일에 대한 반응으로 채워지지만, 기록으로서 일어난 일에 관한 관점은 선택할 수 있다. 매일같이 모니터와 눈싸움을 하며 내 시력은 아주 많이 나빠졌지만 이렇게 된 거, 성실하게 기록하고 그 기록을 전하며 살아간다면 나의 또 다른 눈은 밝아질지 모른다. 운이 좋아서 누군가의 세상을 조금이나마 선명하게 만드는 데 일조하는 삶을 살 수 있다고 생각하면 정해진 미래인 노안도 두렵지 않다.

경제 뉴스를 매일 전하는

김희라

'어피티' 운영 이사 겸 편집장. 대학 졸업 후 미디어 스튜디오를 공동 창업하고 온라인 연재 플랫폼 '판다플립' 론칭, 60여 명의 작가와 국내에 초단편 소설을 소개한 '초단편 프로젝트', 문학 무크지 《언유주얼》 창간 등을 경험했다. 에디터의 직무를 나열하면 무한대에 가까운 선을 그을 수 있을 테지만, 끝을 알 수 없는 그 궤적에서 일이 끝나는 지점을 끊임없이 좇는 일을 업으로 삼았다. 30대에도 '일을 끝내는 사람'으로서 얼마든지 시간을 써도 좋겠다고 생각해 경제생활 미디어 어피티에 뿌리내렸다. 어피티는 20대가 돈 앞에서 당당하길 바란 한 20대 청년이 만들었고, 어느덧 같이 성장한 40만 명 구독자들의 첫 투자부터 노후 준비까지 함께하고 있다.

인스타그램 @uppity.official

에디터의 기록법

EDITOR
007

"흩어져 있던 파편들은
필요할 때 다시 모여
유용하게 쓰인다."

오별님 • 무신사 에디터팀 에디토리얼 파트장

SHAPE
FASHION

Ctrl + X

Cut

패션을 읽고 보고 느끼는 기록법

기록의 시작은 파고들기부터

패션 이커머스 플랫폼에서 에디터로 일한 지 12년째. 수많은 것을 보고, 떠올리고, 남기는 일을 하면서도 내가 기록을 '잘'하고 있다는 감각은 없었다. 언제 어디서든 탐색하고 저장할 수 있는 온라인 세계, 클라우드로 모든 게 연동되는 아이폰과 맥북 등 이제는 마치 신체의 일부가 된 듯한 도구들로 많은 것을 숨 쉬듯 기록하고 있기 때문이다. 이런 습성은 하나에 꽂히면 원하는 답을 찾을 때까지 파고들거나 불쑥불쑥 아이디어를 떠올리는 성향, 한발 앞서 가장 좋은 것을 시각적으로 세련되게 제안해야 하는 일 덕에 자연스레 몸에 익었다. 떼려야 뗄 수 없는 일부를 떼어 객관적으로 살펴보려니 기록을 '잘'하는 것인지는 모르겠다. 하지만 10년 넘게 이 일을 해왔으니 누군가에게는 필요한 이야기가 될지도 모르겠다는 생각도 든다. 패션 에디터가 되기로 마음먹었지만 방법을 몰라 고군분투했던 과거의 나와 같은 이에게는.

장래 희망에 대한 고민이 깊었던 고3 시절, 문제집을 사러 간 서점에서 패션 잡지에 매료됐다. 라디오 사연으로 자주 채택될 만큼 글쓰기를 좋아해 라디오 방송 작가를 꿈꾸기도 했지만 사진과 패션에도 관심이 많아 진로 선택을 앞두고 갈팡질팡하던 때였다. 《보그걸》, 《엘르걸》…… 늘 제자리에 있었지만 어느 날 문득 눈에 들어온 패션 잡지를 들춰 보다 패션 에디터라는 직업을 발견했다. 정확히 어떤 일을 하는지도 모르면서 그들의 눈부신 결과물에 반해 패션 에디터가 되기로 마음먹었다. 이후 대학에서 패션을 전공하고 12년째 패션 에디터로 일하고 있는 지금의 내가 시작된 순간이었다.

패션 에디터가 되려면 뭘 잘해야 할까? 패션 에디터를 꿈꾸기 시작했지만, 꿈을 이루는 방법을 몰랐던 난 스스로 질문하고 답을 구했다. 매일같이 여러 패션 잡지를 뒤적이며 결과물을 만들어내는 데 필요할 것 같은 역량을 연구했다. 에디터들은 늘 유행에 발맞춰, 아니 그보다 앞서 더 좋은 것, 가장 좋은 것을 세련된 기법으로 제안했다. 좋은 것을 알아

채는 밝은 눈과 그것을 가공해 매력적인 콘텐츠로 전달하는 역량이 필요해 보였다. 거기엔 간결하고 명료하며 전달력 있는 글이 있었고, 흐릿한 머릿속 아이디어를 실제로 구현해낸 매력적인 비주얼이 있었다. 패션 에디터가 되기 전에는 패션 에디터의 일을 할 수 없었으므로 학생이던 내가 역량을 갖추기 위해서는 많이 보는 수밖에 없었다. 여러 패션 잡지를 참고서 삼아 탐구하고 연구했다. 편집장의 글로 시작하는 첫 장부터 광고로 끝나는 마지막 장까지 정독했다. 글에 어떤 요소가 들어가야 하는지, 문체는 어떻게 써야 하는지, 어디에 중점을 두고 포인트를 짚어가며 써야 하는지, 이미지 캡션은 어떻게 쓰고 배치해야 하는지까지. 화보와 편집 구성도 꼼꼼하게 봤다. 누구에게, 어떻게 옷을 입혔는지, 핵심 아이템을 눈에 띄게 하기 위해 소재를 어떻게 활용했는지, 전체 연출 콘셉트는 무엇인지. 잡지를 만드는 사람들도 궁금했다. 잡지 한 권을 만들기 위해 전체를 끌고 가는 편집장은 누구인지, 패션팀 디렉터와 에디터, 그리고 피처 에디터와 다른 스태프들 이름까지 모두 살펴봤다. 여러 패션 잡지를 읽다보니, 남달라 보이는 에디터들의 결과물이 눈에 띄기 시작했다. 흡인력 있는 글과 비주얼로 시선을 사로잡는 아티클이 있었다. 어떤 건 긴 글이나 화려한 비주얼이 아님에도 의도가 명확하게 전달되어 감탄했다. 매력적으로 보이는 콘텐츠에는 공통점이 있었다. 주저함 없는 제안은 에디터의 자신감과 전문성을 돋보이게 했다. 짧고 강렬한 첫 문장으로 주목을 끈 뒤 이미지로 시선이 옮아갈 때까지 요점을 벗어나지 않는 아티클은 오래 기억에 남았다.

지금 생각해보면 분석보다는 상상의 나래를 펼치는 것에 가까웠지만, 매력적인 결과물을 남기는 사람이 되기 위해 본능적으로 먼저 파고들어 채웠던 것 같다. 무언가에 관심을 갖고 사랑하게 되면 자연스레 그렇게 되는 것처럼. 꿈으로 향하는 첫걸음으로 파고들었던 패션 잡지들은 지금도 내 방 책장에서 영감이 되곤 한다. 아이디어가 필요할 때마다 들춰 보며 그때의 감각을 되살린다. 패션 에디터로 10년 넘게 일하고 있는 지금도 많이 보고, 따져보는 것은 그때와 다르지 않다.

1400개 메모에서 찾아내는
우리가 보여주고 싶은 단 하나의 그것

정말로 결과물을 만들어내는 사람이 된다는 건 그저 많이 보는 데서만 그쳐서는 안 됐다. 보고 쌓이는 것은 점점 많아졌고 그중 필요한 것을 필요한 순간에 바로 찾아내 써야 하는 게 일상이다. 아이폰 메모장의 메모는 어느새 1400개를 향해간다. 매일이 마감의 연속이라 해도 과언이 아닌 패션 이커머스 플랫폼에서 시의성이 중요한 콘텐츠를 만들려면 곧바로 기록하고 필요할 때 바로 찾아 쓸 수 있는 기록 도구는 필수다. 패션은 트렌드뿐만 아니라 계절과 환경, 각종 이슈에도 영향을 받는다. 날씨가 갑자기 추워져서 혹은 더워져서, 장마가 생각보다 빨리 와서 그에 맞는 스타일을 제안하기 위해 콘텐츠를 빠르게 만들어야 하는 경우가 잦다. 어느 유명인이 착용한 아이템이 갑자기 이슈가 되어 관심이 집중되면 관련 콘텐츠를 발 빠르게 만들어내기도 한다. 예측할 수 없는 기후 혹은 이슈로 급하게 콘텐츠를 만들려면 평소 트렌드를 늘 파악하고 있어야 하며 기민하게 반응할 수 있는 컨디션을 유지해야 한다. 그래서 곧바로 활용할 수 있는 소재들을 언제든 기록하고 열어볼 간편한 도구에 그때그때 확보해둔다. 내겐 그것이 늘 손에 쥐고 있는 아이폰 메모장이다. 꼭 아이폰일 필요는 없지만, 오랫동안 아이폰과 맥북 등 애플 기기를 사용해온 나는 기기 간 클라우드 연동, 간편하게 파일을 공유할 수 있는 에어드롭 같은 기능을 유용하게 쓰고 있어 아이폰을 놓지 못한다. 예를 들어 작년에 이동 중 아이폰에 메모했던 아이템을 오늘 회사 책상 맥북에서 찾아내 요긴하게 쓰곤 한다.

아이폰 메모장의 1400개 기록이 가장 힘을 발휘할 때는 화보와 같은 비주얼 콘텐츠의 '키 콘셉트'를 도출할 때다. 패션 에디터로서 결과물을 기획할 때 가장 중요한 것은 '무엇을 보여줄지'를 정하는 일이다. 키 콘셉트는 결과물을 독자에

패션을 읽고 보고 느끼는

게 효과적으로 전달하기 위해서도 필요하지만 포토그래퍼, 스타일리스트 및 유관 부서, 상사까지 여러 사람이 협업하는 프로젝트가 산으로 가지 않도록 콘셉트의 방향과 목표를 모두가 동일하게 이해하는 데 꼭 필요하다. 키 콘셉트가 'A 브랜드처럼 적당히 빈티지하지만 세련된 그런 좋은 느낌'처럼 모호해지지 않기 위해서는 키 콘셉트를 언어화해 한 문장의 슬로건으로 만드는 과정도 거친다. 수많은 비주얼 레퍼런스와 여러 이해관계자의 의견을 모아 정수를 뽑아내는 작업으로 다양한 소재 중에서 키 콘셉트와 가장 알맞은 말을 찾는다. 나는 이때마다 아이폰 메모장을 열어 뒤적인다.

◁ 곧바로 기록하고 필요할 때 바로 찾아 쓸 수 있는 아이폰 메모장을 손에서 놓지 못한다. 스치듯 보고, 떠오른 것들을 수시로 기록하다보니 어느덧 메모는 1400개를 향해가고 있다.

키 콘셉트 도출은 여러 메시지를 나열하는 것으로 시작한다. 계절성과 브랜드가 절대 포기할 수 없는 중요한 요소들, 아직은 명확하게 딱 맞아떨어지는 말을 찾지 못했지만 비주얼적으로 구현해내야 하는 어떤 '느낌적인 느낌'까지 모두 펼쳐놓는다. 나는 입력하면 곧바로 출력값이 나오는 로봇은 아니기 때문에 10년 넘게 이 일을 해왔음에도 새로운 콘텐츠를 준비할 때마다 깊은 고민에 빠진다. 평소 아티스트 에이전시 홈페이지나 인스타그램을 보다가 우연히 눈에 들어왔던 '그 이미지', 미용실에서 머리를 하며 보았던 패션 잡지 속 '그 스타일링', 아티클이나 책에서 감탄하며 읽은 '그 문장', 샤워하다 불현듯 떠오른 '그 아이디어'가 머릿속 여기저기서 튀어나와 부유한다. 어디서든 정보를 접할 수 있는 과잉의 시대답게 출처가 여러 곳이라 그것들을 정확하게 언제, 어디서 보았는지 기억을 거슬러 찾아가는 건 거의 불가능하다. 그렇기 때문에 언제 다시 찾아볼지 몰라도 스치듯 좋았던 '그 이미지'와 '그 스타일링', '그 문장', '그 아이디어'를 그때그때 아이폰 메모장을 열어 저장한다. 간단하게라도 관련 키워드와 설명, 순간의 느낌, 곁가지 친 아이디어 등을 적고 찍어둔 사진이나 화면을 캡처한 이미지를 메모 아래에 첨부해 기록한다. 그리고 새 키 콘셉트를 준비할 때마다 메모장의 기록을 살피고 관련 키워드로 검색하면서 아이디어를 모아 나열한다. 성글게 모은 나만의 아카이브에

패션을 읽고 보고 느끼는

서 즉각적으로 필요한 날것을 뽑아 쓴다. "따뜻한 햇살의 자연광", "90년대 향수를 불러일으키는", "화장기 없는 소녀"와 "프레피 무드"…… 모두 따로 노는 것처럼 보이지만 이런 단어와 문장을 나열한 뒤 더하고 빼다보면 하나의 비주얼 콘텐츠를 대표하는 키 콘셉트가 도출된다. 순간적인 느낌과 인상을 그대로 기록한 탓에 앞뒤 안 맞는 헛소리로 느껴질 수 있지만 아무것도 없는 것보단 훨씬 좋다. 백지상태에서보다 더 빨리 아이디어를 끌어내고 발전시킬 수 있다. 어울릴 듯 말 듯 한 선명한 언어들을 모아 아직은 눈에 보이지 않는, 우리가 만들어내야 하는 이미지를 상상하고 예측한다. 이 과정을 반복하다보면 콘텐츠를 관통하는 키 콘셉트와 슬로건 한 문장이 완성된다.

△ 협업하는 이들 각자의 '좋은 느낌'으로 화보를 작업하면 프로젝트는 산으로 간다. 에디터는 자신만의 아카이브에 모아둔 기록 조각을 모아 이리저리 조립해보고 새로운 아이디어도 띄워보며 모두를 설득할 수 있는 단 하나의 키 콘셉트를 도출해야 한다.

아이폰 메모장에 기록을 할 때 가장 중요한 건 날것이라도 즉각 남기는 것이다. 넘쳐흐르는 콘텐츠의 홍수 속에서 눈에 띄었던 '그것'을 다시 만나긴 어렵다. 상상력이 풍부한 MBTI의 N 성향이어서인지 내 머릿속은 늘 생각으로 가득하다. 언젠가 만들고 싶은 콘텐츠나 아직 마무리하지 못한 기획안을 생각하다 불현듯 아이디어가 떠오르곤 하는데 이런 아이디어도 시기를 놓치면 다시 만날 때까지 오래 걸린다. 다시 만나지 못하면 휘발되고, 그것이 필요한 미래의 내가 괴로워하는 모습은 아주 익숙하다. 이 일을 하게 된 이상 일과 삶을 완전히 분리하기는 어렵다. 패션 트렌드의 최전선에서 독자와 고객에게 더 나은 스타일을 제안하고, 정확한 정보를 전달하려면 일상에서도 계속 탐구하고 기록해야 한다. 그러다보니 시시각각 쌓이는 기록을 잘 정리하는 것은 사치다(PC 바탕화면도 아이콘으로 가득하다). 당장은 파편처럼 보여도 바로바로 쌓아두는 기록이면 충분하다. 때로는 촌각을 다투며 결과물을 만들어내야만 하는 패션 에디터의 일, 종종 책상 앞에 각 잡고 앉으면 머릿속이 하얗게 되고 마는 내게 파편은 모여 든든한 '믿는 구석'이 된다.

패션을 읽고 보고 느끼는

머릿속 상상이 현실이 되기까지

　패션 에디터로 콘텐츠를 만든다는 건 홀로 앉아 글 쓰는 일보다 여러 사람을 만나 무언가를 결정하는 데 더 많은 시간을 쏟는다는 것을 의미한다. 에디터의 머릿속에 있는 이미지를 기술적으로 구현하고 실재하는 비주얼로 만들어내는 건 혼자 할 수 있는 일이 아니기 때문이다. 포토그래퍼와 비디오그래퍼, 헤어·메이크업 아티스트와 어시스턴트까지. 여러 스태프와 함께하다보니 같이 논의해야 할 부분이 많다. 특히 포토그래퍼와는 시안을 수집하는 과정에서부터 긴밀하게 논의하는 관계다. 구현해내야 할 이미지를 촬영할 장소가 '해가 막 떠오르기 시작하는 아침의 야외'일지, 혹은 '자연광 없이, 조명만을 활용하는 호리즌 스튜디오'일지부터 모델은 '트렌디하면서 강렬한 이미지'일지 아니면 '서구적인 마스크의 클래식한 이미지'일지 등. 어떤 이미지냐에 따라 결정해야 할 것투성이다. 결정 앞에서의 고민은 내 경험상 혼자 끙끙대는 것보다 같이 일하는 사람들과 만나서 대화하다가 '유레카'를 외칠 때가 많았다. 특히 혼자서만 고민하다가는 잘못된 방향으로 갈 수도 있기 때문에 이런 때일수록 대화하고 조율해나가며 길을 찾는 게 좋다. 스튜디오 콘셉트와 모델 이미지, 의상 스타일링과 헤어·메이크업까지 모든 게 조화롭게 어울려야 하다보니 매 과정에서 내가 구상했던 이미지에 함께하는 스태프들의 의견도 적절히 반영해야 한다. 이렇게 조율하는 과정을 거치지 않으면 서로가 생각하는 것이 일치하지 않아 촬영 당일 현장에서 혼선이 생길 수도 있다. 이럴 때 가장 먼저 정한 '키 콘셉트'와 슬로건이 큰 도움이 되지만 여기에 더해 중요한 건 시안 이미지다. 머릿속에만 있는 비주얼 아이디어를 여러 사람과 같이 소통하며 구현해내려면 이미 존재하는 결과물을 활용하는 수밖에 없다.

우리가 원하는 방향과 딱 맞는 이미지 한 컷을 찾아내기란 쉽지 않다. 아무리 구체적인 말로 설명하고 수십 장의 레퍼런스 이미지를 공유해도 설득과 합의를 이뤄내기 어려울 때가 있다. 우리가 원하는 방향과 딱 맞는 그 한 컷을 눈으로 확인하지 못해서. 그럴 때 여러 곳에서 모아둔 레퍼런스를 뒤지기 시작한다. 그것은 나중에 쓸지 몰라 찍어둔 아이폰 사진첩 속 잡지 한 페이지일 때도, 나의 책장에 꽂힌 오래전 패션 잡지일 때도 있다. 그래도 가장 많은 이미지를 탐색하고 저장해두는 곳은 핀터레스트와 인스타그램, 국내외 아티스트 에이전시 홈페이지이다. 시각적으로 매력적인 결과물을 만드는 에디터로서 빼놓을 수 없는 도구와 경로다. 핀터레스트에서는 수시로 검색어를 바꿔가며 디깅을 한다. 프로젝트별, 주제별, 아이템별로 폴더를 만들어 이미지를 분류해 아카이브해두고 시안을 찾을 때 유용하게 사용한다.

패션을 읽고 보고 느끼는

분류해놓은 폴더 중 찾아야 하는 콘셉트가 비슷한 폴더에서 필요한 이미지를 걸러내는데, 아이폰 메모장 기록과 마찬가지로 괜찮다고 느껴지면 즉각적으로 최대한 많이 모아두기 때문에 '이거다!' 싶은 이미지를 만나기는 어렵지 않다.

인스타그램에서는 포토그래퍼나 패션 브랜드 계정을 자주 찾아본다. 그중에서도 내가 원하는 특유의 무드와 가까운 이미지를 다루는 계정을 팔로우하면서 최근 작업을 꾸준히 확인한다. 또 폴더 기능과 비슷한 컬렉션을 만들어 각종 매체 결과물에서 눈에 띄는 것은 분류해 저장해둔다. 핀터레스트, 인스타그램뿐만 아니라 여러 포토그래퍼와 스타일리스트, 세트 디자이너들이 모인 국내외 아티스트 에이전시 홈페이지에서 이미지와 영상 포트폴리오도 자주 찾아본다. 마음에 드는 결과물은 페이지를 그대로 '즐겨찾기' 해둔다(역시 따로 폴더 정도는 만들어두었다). 이렇게 모은 이미지 중에서 내가 구현하고 싶은 비주얼을 대표적으로 보여줄 몇 컷의 사진과 패션 필름 신을 선별한 뒤 텍스트로 설명을 덧붙여 우리의 방향을 만들어나간다. 이 과정에서도 원하는 자료를 손쉽게 얻기 위해서는 평소에 많이 봐둬야 한다. 특정 포토그래퍼가 구현해내는 색감, 브랜드나 패션 매체에서 자주 보여주는 스타일에 대해 잘 파악해두고 있으면 자료를 수집하고 선별하는 과정에서 속도를 낼 수 있다. 이렇게 만든 자료를 협업하는 사람들에게 공유하고 논의하는 과정에서 더 적합한 이미지를 발견하기도 하고 방향성을 조정하기도 한다. 특히 평소 내가 수집하고 기록해둔 자료와 경로가 결정적인 순간에 빛을 발할 때는 어느 때보다 짜릿하다.

2년 전 화보 촬영을 진행할 때의 일이다. 캐주얼 브랜드의 화보 제작을 맡게 되었는데, 브랜드 측에서 콕 집어 《뽀빠이 POPEYE》 매거진처럼 '시티 보이' 스타일을 구현해달라고 요청했다. 'Magazine for City Boys(시티 보이를 위한 매거진)'를 캐치프레이즈로 내건 《뽀빠이》는 '시티 보이 룩'을 탄생시킨 영향력 있는 일본 패션 잡지로 패션에 관심 있는 이들이라면 대부분 알고 좋아한다. 나 또한 《뽀빠이》의 꾸미지 않은 듯한 자연스러운 화보 컷과 실용적인 스타일링을 좋아하기 때문에 아이폰과 노트북의 시안 폴더에 《뽀빠이》 화보가 가득했다. 언젠가 비슷한 콘셉트의 화보를 찍을 때 써먹겠다고 호시탐탐 기회를 노리며 아껴두기까지 했기 때문에 당시 그 브랜드의 요청이 그렇게 반가울 수 없었다.

입혀야 하는 옷과 필요한 모델 수가 정해지자 어떤 무드로, 어디서, 어떤 모델과 찍어야 할지가 전등이 막힘없이 차례로 켜지듯 머릿속에 떠올랐다. 이 화보를 찍기 위해 미리 만반의 준비를 한 것처럼 충분히 쌓인 기록과 자료가 서로 써달라고 손을 흔들어대는 것 같았다. 해당 콘셉트로 수많은 이미지를 보고 기록해둔 덕분에 기획 단계에서부터 큰 에너지를 들이지 않고 방향을 조율해 의사 결정을 해나갈 수 있었다. 인스타그램을 둘러보다 언젠가 꼭 촬영해보고 싶어 저장해둔 정동길의 브런치 카페, 패션지 화보에서 보고 사로잡혀 일부러 찾아 저장해뒀던 부암동의 렌털 스튜디오도 손쉽게 골라냈다. 모델 역시 눈여겨보고 아껴뒀던 이를 섭외했고, 마음에 쏙 드는 클래식 자전거는 고가 자전거 수집이 취미인 옛 동료에게서 빌렸다. 모두 저장해둔 기록들 덕분이었다.

기획부터 물 흐르듯 순탄한 촬영은 신기하게 진행도 순조롭고 결과물도 좋다. 촬영 당일은 화창한 날씨에 스태프들의 합마저 좋았는데, 일이 아니라 봄 소풍 나온 것 같다며 다들 행복해했다. 결과물 역시도 두말할 것 없이 좋았다. 디자이너까지 내가 의도하고 생각했던 방향에 맞게 화보와 너무나 잘 어울리는 폰트와 효과, 후반 디자인으로 더욱 완성도 높은 결과물을 만들어주었다. 화보가 공개된 후 내가 진행한 화보인 것을 뒤늦게 알게 된 해당 브랜드에서 일하는 친구는 너무 마음에 드는 결과물이라며 따로 연락을 주기도 했다. 물론 모든 과정이 순조롭지는 않았다. 브런치 카페는 오픈 시간 전까지만 대관이 가능해 카페 직원에게 이른 시간에 나와달라 간곡히 부탁해야 했고, 짧은 시간 안에 많은 컷을 빨리 찍어내야 하는 일은 압박감이 상당한 미션이었다. 그래도 원하던 대로 컷이 나오면 모든 걸 보상받는 기분이다. 머릿속으로 상상했던 이미지가 현장에서 그대로 구현될 때, 혹은 생각한 것보다 더 잘 나올 때에야 '이번에도 잘 해냈구나' 하는 안도감과 보람이 찾아온다.

기록, 수많은 파편이자 정돈된 나의 시간

　나는 수첩이나 다이어리를 들고 다니며 열심히 '기록'하지는 못한다. 과거엔 그랬던 것도 같은데, 에디터가 업이 된 뒤로 종일 노트북 앞에서 무수한 활자, 이미지와 씨름하다 보니 퇴근한 후는 기록 자체가 일처럼 느껴질 때도 있다. 그럼에도 내게 기록이란 매일 숨 쉬듯 하는 일, 즉 무의식적인 습관이자 생활이다. '기록'이라는 말에서 느껴지는 부담은 내려놓고 미래의 나를 위해 일단 쌓는다. 그렇게 하루하루 쌓인 기록은 미래의 나에게 틀림없이 도움을 준다. 내가 기록한 메모를 보고 있으면 그렇게 정신 사나운 사람일 수가 없다. 순간적으로 보고 떠오른 것들을 필터 없이 그대로 남기기 때문이다. 운동 중에도, 잠결에도 남긴다. 이런 내가 내 뇌를 슈퍼컴퓨터라 믿고 어떤 기록도 하지 않고 살았다면 실로 정돈되지 못한 삶을 살았을 것 같다. 매번 아이디어를 찾느라 부산스럽게 시간을 쓰고, 어쩌면 최악의 경우 지금 이 자리에 있지 못했을 거란 생각도 든다.

　기록이 미래의 내가 과거의 나를 돌아보며 현재의 성장을 확인하는 척도가 되는 것은 덤이다. 나도 각 잡고 '기록'이란 것을 한 적이 있는데, 3년 전쯤 노션 포트폴리오를 만들고 타임트래커 수첩을 쓰기 시작한 것이다. 패션 에디터로 일한 지 9년 차가 되던 해, 수많은 결과물을 만들었지만

한 번도 제대로 정리한 적이 없다는 걸 깨달았다. 돈을 들여 포트폴리오 홈페이지를 만드는 포토그래퍼들을 보니 나도 내 결과물을 정리해보고 싶었다. 이미 패션 에디터로 일한 기간이 길었고 결과물도 많아 더 늦췄다가는 미래의 내가 더 힘들어질 수 있겠다는 생각도 들었다. 여기저기 흩어져 있던 결과물을 정리하고 한곳에 기록만 했을 뿐인데 내가 무얼 하는 사람인지, 무얼 잘하는 사람인지도 보였다. 어쩌면 새로운 기회를 만들 수도 있겠다는 기대감이 살짝 들었는데, 내 노션 포트폴리오를 본 편집자를 통해 이 책에도 참여하게 됐다. 최근 이 포트폴리오를 다시 살펴보았다. 과거의 내 생각과 아이디어, 결과물 등 모든 것이 '나'임에도 낯설게 느껴졌지만, 이 기록으로 현재를 객관적으로 점검하고 미래를 살필 수 있었다. 타임트래커는 직장인 커리어 성장 커뮤니티에서 만든 수첩이다. 코로나로 전일 재택근무를 하면서 루틴이 무너져 다시 내 시간을 되찾기 위해 시작했다. 입문할 때 사용 설명서와 유튜브 가이드 영상을 봐야 했을 만큼 활용하기 어려운 도구이지만, 내가 사용하는 시간을 철저하게 도표로 기록해 한눈에 확인할 수 있고 해야 할 일을 일목요연하게 정리하도록 만들어졌다. 또 매일 보고 느낀 것과 새롭게 적용할 점, 감사한 일 등을 쓰며 스스로에게 구체적인 피드백을 하게 만들어져 회고 시간을 가질 수도 있었다. 당시엔 무너진 루틴을 다시 세우기 위한 각

오가 컸기 때문에 타임트래커에 집중적으로 기록했다. 수 많은 할 일이 쏟아져 막막하다가도 하나하나 기록하다보면 충분히 할 수 있겠다는 결론을 내릴 때가 많았다. 기록하기만 했을 뿐인데 내 시간의 우선순위가 정리되는 경험이었다. 기록하는 자체로 즐거움을 느낀 도구라 지금도 아주 느슨하게나마 쓰고 있다.

기록은 그 자체로도 의미 있지만 내게 유용한 도구에 담겼을 때 쓸모가 배가 되는 것 같다. 스마트폰 앱과 PC 웹 도구는 손쉽게 즉각적으로 활용할 수 있어 실용적이고, 아날로그는 아날로그대로 시간을 들여 사유하는 매력이 있다. 단순히 기록을 해야 하기 때문에 기록하기보다는 내게 익숙한 일상 기록 습관과 그 기록을 활용하는 과정이 자연스럽게 연결될 때 기록은 더 빛을 발한다. 내가 지금까지 펼쳐놓은 것들은 어쩌면 흔하고 어설픈 기록법일 수도 있다. 하지만 숨 쉬듯 부담 없이 남기는 파편과도 같은 기록에서 나만의 것을 뾰족하게 만들어낼 수 있는 것만으로도 나는 만족한다. 어딘가 기록해두기만 한다면, 흩어져 있던 파편들은 필요할 때 다시 모여 유용하게 쓰인다. 오늘 내가 쌓은 수많은 기록이 당장은 모호해 보여도 미래의 나는 그것의 쓸모를 알아볼 것이다. 오늘도 미래의 나를 위해 메모장을 연다.

오별님

이름에 '패션 에디터'를 달고 자기소개를 한 지 12년 차. 패션 잡지에 매료되어 패션 에디터가 됐다. 콘텐츠를 기획하고, 구성을 고민하며 편집하는 과정에서 여전히 즐거움과 보람을 느낀다. 하지만 종종, 아니 자주 고통도 함께한다. 국내 최대 패션 플랫폼인 '무신사'에서 여러 캠페인과 이슈에 맞춰 다양한 비주얼 화보와 콘텐츠를 제작해왔다. 현재는 무신사 에디터팀 에디토리얼 파트장으로서 트렌디한 패션 뉴스와 취재형 콘텐츠, 인터뷰 같은 에디토리얼 콘텐츠를 기획하고 만든다.

인스타그램 @ohstarrr

패션을 읽고 보고 느끼는

EDITOR
008

"읽고 쓰고 보고 듣고 말하는 일이
왜 중요하냐고 묻는다면 답은 하나다.
이게 우리의 삶을 좀 더 정밀히
살아가게 하는 방법이니까."

윤성원 · 프로젝트 썸원 콘텐츠 오너

DICOVER CONTENT

Bold

좋은 콘텐츠를 발견하는 기록법

지금 우리는 인류 역사상 콘텐츠가 가장 많이 범람하는 시대에 산다. 앞으로는 지금보다 훨씬 더 콘텐츠가 넘치는 시대를 살게 될 것이다. 과거에는 일부만이 누렸던 콘텐츠 제작과 유통의 특권을, 이제는 누구나 누릴 수 있기 때문이다. 따라서 쉽게 간과하지만 콘텐츠가 범람하는 시대에 1) 그 넘쳐나는 콘텐츠 중에서 어떤 콘텐츠를 볼 것이냐, 2) 창작자로서 나는 어떤 콘텐츠를 만들 것이냐는, 한 개인이 삶을 살아가는 데 있어 점점 더 중요한 문제가 된다. 콘텐츠의 시대에 어떤 콘텐츠를 볼 것인가는 당신의 '인풋'을 결정하고, 어떤 콘텐츠를 만들 것인가는 당신의 '아웃풋'을 결정할 테니까.

좋은 콘텐츠를 발견하는

얼마 전 노벨문학상을 수상한 한강 작가가 언급했듯 "언어가 우리를 잇는 실"이다. 이는 콘텐츠도 마찬가지다. 다시 말해 '콘텐츠를 본다'는 건 그 콘텐츠를 만든 사람과 연결되는 과정이고, '콘텐츠를 만든다'는 건 내 콘텐츠를 보는 사람들과 연결되는 과정이다. 고로, 한 사람이 보고 접하고 만드는 콘텐츠의 수준이 그 사람이 만나는 연결의 퀄리티를 결정한다. 따라서 '좋은 콘텐츠를 보기 위해, 좋은 콘텐츠를 만들기 위해 노력한다'는 것은 이 복잡한 시대에 자신의 삶을 좋은 연결로 풍성하게 채우기 위해 노력한다는 뜻이다. 좋은 콘텐츠로 가득한 삶이, 자극적이고 말초적인 콘텐츠로 하루하루를 낭비하듯 그저 흘려보내는 삶보다 당연히 훨씬 더 건강하고 의미 있지 않을까?

프로젝트 썸원은 이러한 콘텐츠의 시대를 주체적으로 개척하고, '콘텐츠를 중심으로 더 나은 삶Content-driven growth'을 살아가고자 하는 사람들을 모으고 연결하기 위해 만들어진 회사다. 사업을 염두에 두고 시작하지는 않았지만, 기자 생활을 하다 잠깐 쉬는 기간에 일주일 동안 재미있게 본 콘텐츠들을 '발췌+요약+리라이팅' 해서 뉴스레터로 공유하는 실험을 해본 것이 여기까지 이어졌다. 5년 넘게 뉴스레터를 운영했지만 여전히 콘텐츠의 힘을 매일매일 체감한다. 지금까지 단 1원의 마케팅 비용도 쓰지 않았는데, 콘텐츠의 힘으로 뉴스레터뿐 아니라 거의 모든 채널이 계속해서 성장하고 있으니까. 물론 별로 가진 것이 없는 가난한 개인 사업자라서 앞으로도 계속 우여곡절을 겪으며 험난한 길을 뚫고 나가야 하는 게 엄연한 현실이지만, 그럼에도 미래에 대해선 낙관하고 있다. 좋은 콘텐츠를 보고자 하는 사람들의 열망은 시대와 국가를 초월한 보편성을 가졌다고 믿기 때문이고, 좋은 콘텐츠를 통해 만들어진 좋은 연결이 결국에는 우리의 삶을 더 나은 방향으로 이끈다는 사실을 지난 10여 년간 디지털 콘텐츠 업계에서 일하며 꾸준히 피부로 체감했기 때문이다.

그렇기에 앞으로 살아갈 콘텐츠의 시대를 주체적으로 개척하고자 하는 사람이라면 '과연 나에게 좋은 콘텐츠를 꾸준히 접하는 시스템이 구축되어 있는가?'를 질문할 필요가 있다. 앞으로는 콘텐츠를 그저 소비하고 넘어가는 것이 아니라 자신이 발견한 좋은 콘텐츠를 자기 언어로 정리하고, 기록하고, 궁극적으로 자신만의 콘텐츠를 만드는 자양분으로 축적하는 일이 점점 더 중요해질 것이다. 한 걸음 더 나아가 이 과정을 하나의 시스템으로 이해하고 계속해서 자신의 콘텐츠 시스템을 개선하는 일이야말로 콘텐츠의 시대를 살아가는 기본자세일 수 있다.

그런 의미에서 아직 개선해야 할 지점이 있기는 하지만, 프로젝트 썸원을 5년간 운영하면서 구축해온 나름의 시스템을 공유한다.

좋은 콘텐츠를 발견하는

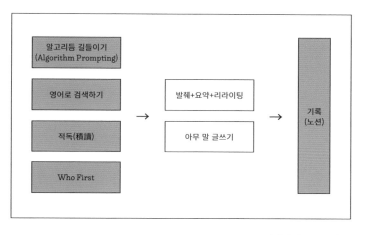

△ 썸원의 기록 프로세스.

좋은 콘텐츠를 발견하는 몇 가지 방법

콘텐츠가 넘쳐나는 세상에서 어떻게 하면 좋은 콘텐츠를 잘 발견할 수 있을까? 사실 미식(美食)처럼 좋은 콘텐츠에 대한 평가는 주관적일 수밖에 없어서 이를 설명하는 건 쉽지 않다. '많은 사람이 좋아한다고 해서 그게 나에게도 좋은 콘텐츠냐'는 완전히 별개의 문제이기도 하고. 따라서 대세를 좇기보다는, 자신이 좋다고 생각하는 콘텐츠를 더 자주 경험할 수 있는 환경을 구축하는 것이 중요하다. 이를 위해 내가 원칙처럼 삼고 있는 명제들은 다음과 같다.

알고리듬에 휘둘리지 말고, 알고리듬을 길들이자

알고리듬이 '필터 버블을 강화하고 자극적인 콘텐츠 위주로 추천한다'는 문제 제기가 이어지면서 '알고리듬' 자체를 부정적으로 바라보는 사람들이 많은 게 현실이다. 하지만 좀 더 근본적으로 생각해보면 실시간으로 쏟아지는 수많은 콘텐츠 중에서 사용자에게 최적화된 콘텐츠를 추천하기 위해 등장한 기술이 알고리듬이다. 따라서 알고리듬을 잘 이용하면 좋은 콘텐츠를 수시로 경험할 수 있는 나만의 추천 엔진으로 길들일 수 있다. 그동안은 이를 '알고리듬 길들이기'라고 표현해왔는데, AI 시대가 도래하면서 더 멋진 표현이 등장했다. 바로 '프롬프팅prompting'.

'프롬프팅'은 AI가 더 나은 결과물을 만들도록 세팅하고 지휘하는 과정이라고 할 수 있다. 소셜 미디어에서는 좋아요, 댓글, 공유, 저장 등의 기능이 알고리듬으로 하여금 내가 원하는 콘텐츠를 추천하도록 만드는 프롬프팅 도구들이다. 그래서 소셜 미디어를 이용하는 사람이라면, 자신이 발견한 좋은 콘텐츠에 '좋아요'를 누르고, 댓글을 달고, 공유를 할 때 거의 실시간으로 알고리듬이 그에 맞춰 최적화되는 걸 경험할 수 있다. 알고리듬을 자신에게 최적화하는 연습이 된 사람과 그렇지 않은 사람은 양적으로나 질적으로나 경험하는 콘텐츠의 격차가 계속 벌어질 수밖에 없다. 좋은 콘텐츠가 알아서 나에게 찾아오는 환경을 구축한 사람은, 좋

좋은 콘텐츠를 발견하는

은 콘텐츠를 찾기 위해 쓰는 시간이 현저하게 줄어드니까.

그뿐만 아니라 소셜 미디어의 알고리듬을 자신에게 최적화하는 연습을 하는 것은, 앞으로 도래할 AI 시대의 인공지능을 다루는 연습을 미리 하는 것일 수 있다. 그러니 지인들과 소통하는 용도로만 쓰고 있는 소셜 미디어를 콘텐츠 플랫폼으로 바라보고 자신이 원하는 콘텐츠가 검색 없이도 자신에게 도달되도록 알고리듬을 길들이고 지휘하는 연습을 해보자. 그러면 매일매일 경험하는 콘텐츠가 눈에 띄게 달라질 것이다.

검색할 땐 영어를 적극 활용하자

이 방법은 영국에서 활동 중인 수학자 김민형 교수가 알려준 것이다. 직장인 시절에 김민형 교수와 함께 프로그램을 진행한 적이 있는데, 그때 '영어로 검색하는 습관'을 가지면 접할 수 있는 좋은 콘텐츠의 범위가 극적으로 늘어난다는 말을 들었다. 좋든 싫든 이미 전 세계의 좋은 콘텐츠 중 상당수가 영어 기반으로 만들어지고 있는 상황이라서, 영어로 검색하는 습관을 들이지 않는다는 건 그걸 다 놓친다는 뜻이라고.

물론 한국에도 훌륭한 창작자들이 많고 좋은 콘텐츠들이 많이 있지만, 좋은 콘텐츠를 찾다보면 그것만으로는 부족할 때가 의외로 많다. 특히 트렌드나 경영 등의 정보는 더더욱 그렇다. 전 세계가 디지털로 연결되는 지금의 시대에 '나는 한글로만 된 좋은 콘텐츠를 보겠어'라는 생각은 자칫 편협할 수 있다. 게다가 번역 기술이 빠르게 발전하는 시대에 이를 활용하지 않는 건 훌륭한 무기 하나를 버린 채 게임에 참여하는 셈이고. 따라서 영어로 검색하는 습관을 빨리 익히는 것이 기술 발전이라는 파도 위에 올라타는 하나의 방법일 수 있다. 실제로 어색함과 불편함을 견뎌내고 조금만 영어로 검색해보면 경험할 수 있는 콘텐츠의 폭이 엄청나게 넓어진다는 걸 바로 체감할 수 있다.

책은 쌓아두는 것(積讀)

기술이 엄청나게 발전했고 디지털 콘텐츠가 넘쳐난다고는 하지만, 여전히 좋은 정보와 자료는 책에 있는 경우가 많다. 따라서 좋은 정보와 좋은 콘텐츠를 찾는다면서 책을 읽지 않는 건 모순된 행동이다. 물론 책을 읽는 것을 어려워하는 사람도 많은 게 엄연한 현실이기에, 책을 읽는 게 어렵다면 우선은 '책을 사는 즐거움'부터 만끽해보는 것을 추천한다. 사실 책을 사는 행위는 옷이나 다른 무언가를 쇼핑하는 것처럼 굉장히 즐거운 일이고, 실제로 책을 사는 데 재미를 느끼는 사람도 많다. 다만 안타깝게도 그 즐거움은 잠시라 막상 책을 읽다보면 어렵거나 재미가 없어서 멈추고 만다. 그러면 설레었던 만큼이나 마음의 부담과 짐이 생기고,

좋은 콘텐츠를 발견하는

이런 경험을 몇 번 반복하다보면 다시 책을 살 때 망설여지는 게 현실이다.

하지만 비록 다 못 읽을지라도, 책을 사는 행위는 그 자체로 너무나 멋지고 아름다운 일이다. 책을 산다는 건, 그 책 한 권을 만들기 위해 노력한 저자와 편집자, 서점 관계자 등 여러 사람에게 존경을 표하고, 감사를 전하는 행위이니까. 물론 그런 소중한 책을 꼭꼭 씹어서 잘 이해하고 소화하면 더할 나위 없이 좋지만, 설령 그럴 수 없다고 해서 좌절할 필요는 없다. 책을 구매함으로써 그 책을 만든 사람들에게 존경을 표현하는 것만으로도 굉장히 가치 있는 기여를 한 셈이니까.

책은 읽으려고 사는 게 아니라 미리 사놓고 쌓아놓은 다음 필요할 때 꺼내 읽는 것이다. 그러려면 읽지 않은 책이 늘 여유 있게 자신의 주변에 배치되어 있어야 한다. 다시 말해 책은 읽으려고 사는 게 아니라 사놓은 책 중에서 그때그때 자신에게 필요한 책을 읽는 것이다. 그러니 미래의 내가 언제든 읽을 수 있도록, 자신에게 투자한다는 생각으로 책을 미리미리, 그리고 충분히 쌓아놓자.

콘텐츠도 사람이 먼저다(Who First)

좋은 콘텐츠를 잘 찾기 위해 활용할 수 있는 또 다른 방법은 사람을 적극적으로 팔로우하는 것이다. 사람들을 관찰하다 보면 '좋은 콘텐츠, 양질의 콘텐츠를 찾는다'며 이런저런 플랫폼 속으로 먼저 뛰어 들어가는 경향이 있는데 좋은 콘텐츠라는 것도 결국은, 그리고 아직까지는, 사람에 의해 나오는 것이기에 콘텐츠를 소비할 때는 '사람'을 중심에 두고 사고하는 게 좋다. 그래서 좋은 콘텐츠를 발견하면, 그 콘텐츠를 누가 만들었는지, 어떤 회사에서 만들었는지 찾고, 가능하면 소셜 미디어를 이용해 그 사람을 팔로우해보자. 그 사람이 뉴스레터를 발행하면 구독하고. 바꿔 말하면, 좋은 콘텐츠를 찾는 게 아니라 좋은 콘텐츠를 만드는 사람을 먼저 찾고 팔로우하는 연습을 하는 게 더 좋은 방법일 수 있다.

세상에는 페이스북이 성장을 멈췄다며 부정적으로 말하는 사람들이 많지만, 여전히 페이스북에서 좋은 글과 정보를 공유하는 사람들이 상당히 많다. 그뿐 아니라 사람을 중심으로 구독하기에는 페이스북이 여전히 가장 좋은 플랫폼이다. 특히나 디지털에서 괜찮은 텍스트를 찾고 싶다면 페이스북을 이용하는 건 꼭 해야 할 일 중 하나다. 누구부터 팔로우해야 할지 모르는 사람들을 위해 어떤 분야에서 일하든 팔로우하면 좋을 분들을 추천한다.

좋은 콘텐츠를 발견하는

▽ 이름		▽ 주요 키워드
신수정 작가	↦	경영, 멘토링, 영감
원병묵 성균관대 교수	↦	과학, 논문, 꿀팁
조영탁 휴넷 대표	↦	영감, 명언, 경영
정지우 작가	↦	글쓰기, 에세이, 책
김지수 기자	↦	인터뷰, 문화생활, 영감
김항기 고위드 대표	↦	금융, 스타트업, 경영
김정빈 수퍼빈 대표	↦	경영, 창업, 검도
김성준 국민대 겸임교수	↦	조직 문화, 리더십, 책
장동선 박사	↦	뇌 과학, 테크, 창업
손관승 작가	↦	글쓰기, 책, 리더십
최소현 네이버 디자인·마케팅 부문장	↦	브랜딩, 디자인, 칼럼

좋은 콘텐츠를 찾았다면, 자신의 언어로 기록하기

이러한 과정을 통해 좋은 콘텐츠를 찾았다면, 그다음 할 일은 '자신만의 언어'로 이를 정리하고 요약하는 습관을 가지는 것이다. 어떤 사람들은 자신의 능력을 쉽게 과대평가하지만, 과학적으로 인간의 기억력은 그렇게 뛰어나지 않다고 한다. 심지어 그 기억조차도 시간이 지날수록 왜곡되고. 이런 빈약한 기억력의 한계를 극복하기 위해 등장한 것이 바로 '글(텍스트)'이다. 많은 인류학자가 '문명'은 인류가 필요한 정보를 뇌가 아닌 신체 밖에 저장하면서 시작되었다고 설명한다. 즉, 인류의 발전은 기록 위에서 이루어진 셈.

이는 한 개인에게도 마찬가지다. 모든 걸 암기하고, 머릿속에만 넣으려고 하면, 빈약한 기억력 때문에 늘 많은 손실과 손해를 감수할 수밖에 없으니까. 그런 의미에서 자신에게 필요한 정보를 뇌 밖에 기록하는 습관을 들이는 것은 자신의 삶을 발전시키는 가장 기초적인 방법일 수 있다. 따라서 콘텐츠를 보다가 너무 좋거나 인상 깊은 장면 또는 감동받는 순간이 있다면, 그걸 머리나 마음속에 담아두려고 하지 말고, 글로 써서 자신의 신체 밖에서도 존재할 수 있게 만드는 연습은 꼭 필요한 일이다. 머릿속의 기억은 시간이 지나면 희미해지지만, 글로 새겨둔 정보와 감정, 그리고 기억은 쉽게 변하지 않으니까.

좋은 콘텐츠를 발견하는

기억은 내 마음대로 끄집어낼 수 없고, 경우에 따라선 아무리 떠올리고 싶어도 정확하게 생각나지 않는 경우가 있지만, 디지털에 기록해놓은 것들은 몇 가지 키워드만 입력하면 바로 검색할 수 있다. 따라서 기억과 추억과 정보를 다시 소환하고 활용하고 연결할 때, 글로 기록하는 자와 그러지 않은 자 사이에는 엄청난 격차가 벌어진다. 자신의 기억력을 믿지 말고, 그게 설령 아무 말일지라도 무조건 텍스트로 남기는 습관을 가져보자. 그리고 그게 처음엔 진짜 '아무 말'일지라도, 계속 쌓다보면 어느 순간에 이전에 쓴 '아무 말'과 지금 떠오른 생각이 결합되면서 그럴듯한 글이 나오기도 한다. 즉, 아무 말이라도 글로 쌓아놓은 것이 있기에 연결할 수 있는 기회가 생기는 셈. 게다가 머릿속에 있는 뉴런의 신호는 우리가 세세하게 컨트롤할 수 없지만, 외부에 쌓아놓은 글을 블록처럼 옮기고 연결하는 건 우리의 마음대로 컨트롤할 수 있다.

또한 글은 굉장히 저렴한 비용으로 거의 무한대에 가깝게 디지털에 저장할 수 있다. 나는 여러 툴 중에서 '노션Notion'이 최고라고 생각한다. 노션은 많은 분량의 텍스트 콘텐츠를 쉽고 편리하게 입력·저장할 수 있는 데다가 여러 사람과 공유할 수 있기 때문이다. 썸원 프라임 멤버십 역시 노션을 기반으로 하고 있으며, 멤버십 회원들은 내가 5년간 쌓아놓은 콘텐츠 아카이브에 접속할 수 있다. 물론 사람마다 선호

하는 툴은 다를 수 있다. 꼭 노션이 아니어도 좋다. 하지만 좋은 콘텐츠를 발견했다면, 그걸 단순히 즐기고 넘어가는 것이 아니라 어디에든 자신의 언어로 정리하고 기록하는 습관을 만드는 것이 무조건 필요하다.

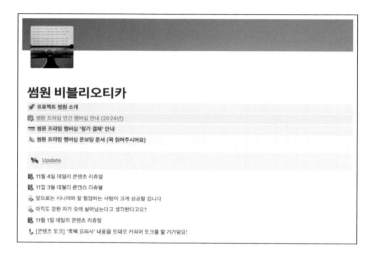

△ 썸원 프라임 멤버십 회원들을 위해 만드는 아카이브 '썸원 비블리오티카'.

'발췌+요약+리라이팅'이 곧 콘텐츠 제작 연습

자신만의 기록을 쌓을 때 중요한 것 중 하나가 '발췌+요약+리라이팅'을 하는 습관을 기르는 일이다. 많은 글쓰기 교본에서 언급하듯이 '발췌+요약'이 모든 글쓰기의 가장 기본이다. 다만 여기에 자신만의 생각을 추가하는 '리라이팅'까

좋은 콘텐츠를 발견하는

지 결합되면 더 좋다. 즉, '발췌+요약+리라이팅'이라고 함은, 자신이 본 좋은 콘텐츠의 일부를 잘라내고, 정리하고, 생각을 덧붙이는 과정인데 즐겁게 읽거나 경험한 콘텐츠를 그냥 흘려보내는 게 아니라 자신의 관점에서 정리하고 요약하는 습관을 기르는 것이다. '발췌+요약+리라이팅'을 꾸준히 하다보면, 당연히 자기 글을 쓰는 것도 점점 쉬워질 수밖에 없다. '발췌+요약+리라이팅'을 통해 자신의 기준과 관점이 명확해질 뿐 아니라 요약 정리 연습을 계속 하다보면 핵심이 뭔지를 좀 더 쉽게 파악할 수 있기 때문이다. 실제로 프로젝트 썸원에서는 2년 넘게 '발췌+요약+리라이팅 글쓰기 리추얼 모임'을 운영하고 있는데, '발췌+요약+리라이팅'을 할수록 글이 훨씬 더 명료해지는 참가자들을 여럿 볼 수 있었다. 특히 '발췌+요약+리라이팅' 연습은 거의 매일 습관처럼 하는 게 좋은데, 매일 하다보면 습관도 더 잘 형성될 뿐 아니라 자신만의 데이터가 쌓이기 때문이다. 시간이 지날수록 이는 창작자에게 엄청난 무기가 된다.

요약이 어려우면, 제목과 단 한 문장이라도 써보자

물론 글쓰기를 아예 안 했던 분들은 도대체 어떻게 요약을 할지 모르겠다고 말하기도 한다. 실제로도 헤매느라 몇 시간을 썼다고 말하는 분들을 많이 봤다. 잔인하지만, 그런 과정은 새로운 일을 하는데 당연히 거쳐야 할 시행착오다.

어떤 일이든 시작하자마자 쉽게 뚝딱하고 잘되는 경우는 거의 없으니까. 아무리 뛰어난 축구 천재라도, 시작한 지 단 며칠 만에 프로 무대에서 뛸 수는 없지 않나? 다만 그 고통의 시간이 너무 길어지면 흥미 자체를 잃을 수 있기 때문에 '발췌+요약+리라이팅'을 하는 게 너무 어렵고 시간도 많이 걸린다면, 초반에는 제목 한 줄이라도 자신의 언어로 쓰는 연습을 꾸준히 하는 걸 추천한다. 자신이 본 콘텐츠가 왜 좋았는지, 그리고 내가 생각하는 그 콘텐츠의 핵심은 무엇인지, 그 콘텐츠를 본 후에 내 생각이 어떻게 바뀌었는지 등을 단 한 문장으로라도 쓰는 연습을 꾸준히 해보자. 그러면 그냥 콘텐츠를 흘려보내는 사람보다 요약 능력과 글쓰기 실력이 늘 수밖에 없으니까. 그리고 이를 계속하다보면, 콘텐츠를 보거나 글을 읽자마자 그 콘텐츠의 핵심이 무엇인지 머릿속에 문장으로 바로 떠오르는 경험을 할 수 있는데, 그 후에는 글을 쓰거나 정리하는 속도도 드라마틱하게 빨라진다.

Zero to 100K

지금까지 장황하게 설명했지만, 마음 한편에는 조금이라도 더 좋은 콘텐츠를 보기 위해 노력하고, 그걸 자신만의 언어로 정리하는 것이 무슨 쓸모가 있느냐는 의문이 충분히

좋은 콘텐츠를 발견하는

들 수 있다. 게다가 이걸 매일매일 하는 건 바쁜 일상 속에서 굉장히 번거롭고 귀찮은 일일 뿐 아니라 그 수고와 달리 경제적 자유나 인생 역전 등의 큰 한 방을 전해주는 것은 아니지 않냐고 시니컬하게 따져 물을 수도 있다. 틀린 말은 아니다. 좋은 콘텐츠를 매일 본다고, 그걸 자기 언어로 기록한다고 해서 당장 몇 달 만에 인생이 드라마틱하게 달라지진 않으니까. 그럼에도 읽고 쓰고 보고 듣고 말하는 일이 왜 중요하냐고 묻는다면 답은 하나다. 이게 우리의 삶을 좀 더 정밀히 살아가게 하는 방법이니까.

대충 아무거나 보고, 아무거나 읽고, 그저 재미와 유희만을 좇으며 살 수도 있다. 좋은 콘텐츠를 자기 언어로 정리하지 않아도 이를 비난하는 사람은 세상에 아무도 없다. 하지만 자신이 보고 듣고 말하고 쓴 것들은 어떤 식으로든 자기 삶에 영향을 미친다. 기록으로 남긴 것들은 하나의 노드node가 되어, 많은 것이 실시간으로 스쳐 지나가는 지금의 세상에서 다른 무엇들과 연결될 기회를 만든다. 그리고 기록이 쌓일수록 연결의 기회도 다양해진다.

물론 처음부터 이걸 알고 기록을 시작했느냐고 묻는다면 전혀 그렇지는 않다. 글을 잘 쓰려면 '발췌+요약'부터 하라는 글쓰기 책들의 조언에 따라 그저 이를 실천한다는 생각으로 정리한 것들을 소셜 미디어에 공유한 것이 어느새 지금까지 이어졌다. 사실 시작할 땐 거의 대부분이 그렇듯이 소셜 미디어로 연결된 사람이 친구나 지인들뿐이었는데, 그래도 '이 짓'을 몇 년째 하다보니 어느새 다양한 플랫폼을 통해 연결된 사람이 십만 명을 넘었다. 자신의 글을 정리하고 공유해줘서 감사하다며 연락해 만난 저자들, 창작자들, 출판사 관계자들, 언론사 기자들도 셀 수 없이 많다. 콘텐츠를 혼자 보고 흘려 넘겼다면 그 소중한 사람들을 만날 수 있었을까?

게다가 누군가로부터 특별한 비법을 배운 것도 아니고, 엄청난 스승을 만난 것도 아니며, 더 냉정하게 말하면, 글 따위를 쓰는 게 인생의 목표였던 적도 없다. 그저 주어진 환경 속에서 조금이라도 더 좋은 콘텐츠를 보기 위해 노력했고, 그걸 그냥 흘려 넘기기보다는 나만의 방식으로 정리하려고 했으며, 글을 쓰는 일이 직업이 되었을 때는 더 좋은 콘텐츠를 만들기 위해 노력할 뿐이었다. 그리고 뭔가 생각이 잘 정리되지 않을 때는 아무 말이라도 써서 공유하려고 했다. 그 '아무 말'조차 쌓이면 기록이 되고, 기록으로 남기면 이후에 수정하든, 편집하든, 잘라내든, 갈아엎든 다시 활용할 수 있다는 가능성을 알았으니까.

지금 우리는 기술 발전으로 큰돈을 들이지 않고도 콘텐츠를 거의 무한대로 저장하고, 또 유통할 수 있는 시대를 살고 있다. 이런 시대에 아무 콘텐츠나 대충 보고, 적당히 흘려 넘기면서 기억조차 못 하는 삶을 살겠다고? 말리진 않겠지

좋은 콘텐츠를 발견하는

만, 일생에서 가치 있는 것들은 결국 귀찮고 어려운 일들을 꾸준히 헤쳐나가고 축적해나갈 때 얻을 수 있다는 점을 고려해볼 필요가 있지 않을까? 어쩌면 당신이 기록하고 써 내려가면서 마주한 것들만이, 그렇게 당신이 글로 가꿔온 것들만이 진정한 당신의 세상일 수 있으니까.

윤성원

10년간 종편 방송사, 뉴 미디어, 커뮤니티 스타트업 등에서 다양한 콘텐츠를 제작하고 경험했다. 양질의 콘텐츠가 더 잘 생산되고, 좋은 콘텐츠가 더 잘 경험되는 데 기여한다는 뜻을 갖고 2020년 '프로젝트 썸원'을 만들었다. 뉴스레터 '썸원의 Summary&Edit'를 비롯해 텍스트 기반 유료 멤버십인 '썸원 프라임 멤버십'을 운영하며 발췌+요약+리라이팅 리추얼, 아무 말 글쓰기 클럽 등 다양한 오프라인 모임도 진행한다. 현재 뉴스레터, 인스타그램, 페이스북 등으로 '프로젝트 썸원'과 연결된 사람은 십만 명이 넘고 유료 멤버십 누적 이용자도 삼천 명이 넘는다.

인스타그램 @somewon_co

좋은 콘텐츠를 발견하는

EDITOR
009

"뭐든지 그냥 스쳐 지나가지 않고
내 것이 되도록 모은다."

김송희 · 빅이슈 편집장

COLLECT
CULTURE

All Select

문화로 잡지를 채우는 기록법

초등학교 내내 일기를 썼다. 매일 일기를 검사받던 시절이기도 했고, 선생님이 가장 잘 쓴 사람의 일기로 내 일기를 뽑아 읽어줄 때(아, 생각해보면 얼마나 괴이한지?)마다 우쭐했다. 그러다보니 당시 나의 일기는 '이런 걸 써야 선생님이 뽑아주겠지?' 싶은 내용이 대부분이었다. 하굣길에 몸이 불편한 할아버지를 부축했다든가, 친구들과 잘 어울리지 못하는 친구를 돕자는 식의 착한 어린이인 척하는 교화 내용이 대다수였다. 진짜 일기에 쓰고 싶었던 내용들, 괴롭고 슬프고 비밀스러운 일상은 조금도 기록하지 않았다. 그렇게 꾸준히 쓰던 일기를 지금은 전혀 쓰지 않는데, 게을러서이기도 하지만 무엇보다 그 많은 일기장을 한 번에 유실한 충격 때문이다. 6년간 쓴 일기 노트가 족히 서른 권은 넘었는데 엄마가 잠깐 집 앞에 내놓은 사이 폐지 수거 할머니가 홀랑 다 접수해버린 것이다. 그 '거짓말 대잔치' 일기장을 지금 열어보면 이불 킥이나 하기 십상이기에 홀연히 사라져준 것이 불행 중 다행이다. 자신의 모든 원고를 다 불태워달라고 했던 유언이 지켜지지 못하고 친구 브로트에 의해 편집된 형태로 여러 작품이 출간된 카프카를 떠올려보면 부끄러운 어린 시절 일기가 사라진 것은 얼마나 다행인가(물론 그 일기들이 카프카에 비교할 만하다는 것은 절대 아니다).

　매일 기록하는 것의 효용을 강조하자면 끝도 없다. 인간의 기억이란 시간이 지날수록 믿을 수 없어지는 것이라 사라지거나 제멋대로 왜곡, 편집되기 일쑤다. 지난주 어느 날 무엇을 했더라? 떠올려봤을 때 도무지 기억나지 않는 경우도 부지기수다. 요즘은 누가 "점심 뭐 먹었어?"라고 물어도 바로 답을 못 할 정도로 나의 일상은 쉽게 사라지고 있다. 기록의 중요성을 맘속 깊이 알면서도 나는 왜 기록을 제대로 못 할까 떠올려보면 잠자리에 누워 하루를 돌이켜볼 때 기록하고 싶을 만큼 유의미하고 정성스러운 하루를 살지 못했기 때문이다. '미친 둥근 해가 중천에 뜬 시간에 일어나 대충 배달 음식 시켜 먹고, 누워서 쇼츠 보다가 하루 다 갔음'이라고 일기장에 쓰고 싶은 사람은 없다. 여기까지 읽은 독자라면 알아챘겠지만, 나는 기록을 효율적으로, 꾸준히 해서 업무나 생활 전반에 도움을 받아온 기록 전문가는 아니다. '기록'이라는 대주제 속에서 여러 전문가가 모인 앤솔러지에 나는 어울리는 필자인가, 청탁을 수락하기 전에 고민했어야 하는데 왜 마감을 코앞에 두고 이러고 있나. 효율적으로 기록하는 법, 기록한 것을 잘 기억하고 활용하는 법은 다른 분들이 잘 써줬을 것이라 믿는다. 어떤 분들이 함께 글을 쓰는지 듣고는 나 역시 그분들의 글을 빨리 읽어보고 싶을 정도였으니까.

스스로 기록을 잘 못한다고 여겨왔지만, 내가 못하는 건 기록보다는 정리에 가깝다. 나는 정리를 잘 못하는 대신 무조건 많이 찾아보고 흡수하고 쌓아둔다. 뭐든지 그냥 스쳐 지나가지 않고 내 것이 되도록 모으는 버릇이 있다. 책, 영화, 기사, 뉴스레터 등 그때그때 좋다고 생각한 글과 트렌드를 놓칠까봐 잔뜩 사놓은 일과 관련 없는 잡동사니들까지. 극강의 맥시멀리스트가 된 나에게 친구는 "동묘야?"라고 구박부터 한다. 잔뜩 쌓아둔 물건 중에 필요한 것을 바로 찾아내기도 어렵다. 하지만 '잘 쌓아'두지 않았다고 무엇도 만들 수 없는 것은 아니다. 재쓰비의 노래 가사처럼 "아무것도 아닌 건 아무것도 없"다. 나는 특정 분야에서 꾸준하게 정돈된 전문성을 쌓아오지 않았더라도 내재된 '나만의 글'이 누구에게나 있다고 믿는다. 다만 내가 가진 콘텐츠를 발견하고 흩어진 단편적인 기록을 수습해 나만의 기록으로 만들어

문화로 잡지를 채우는

가는 과정은 필요하다.

그래도 남아 있는 나의 기록들

온오프라인에서 남들에게 읽히는 콘텐츠를 만들기 시작한 후 항상 이런 생각에 골몰해왔다. '이게 지금 사람들이 재미있어할 내용일까? 늦은 건 아닌가? 나는 이게 재미있나?' 이런 질문에는 만드는 사람이 아니라 읽는 사람 입장으로 접근해야 답을 도출하기 쉽다. 읽는 사람 입장으로도 수월하게 답을 구하기 위해선 평소에 무수한 정보를 접하고 관심사들을 스크랩해 자주 여러 가지를 둘러봐야 한다. 뉴스레터, 신문사 사이트, 새로 창간한 웹진, 인스타그램과 트위터, 잡지와 책 등등. '나의 관심사'라는 창을 통과한 이런 것들을 잘 정리해서 기록해두는 것이 당연히 좋다. 하지만 잘 기록해둘 자신이 없다면 나처럼 마구잡이로 '다른 이름으로 저장'하고 기억 창고에 대충 쌓아두었다가 그게 필요할 때 시간을 들여 창고를 뒤지는 것도 방법이다. 물론 시간이 많이 들거나 끝내 못 찾아내는 경우도 더러 있지만, 내게는 가장 익숙하고 편리한 기록법이다.

예를 들어 일이나 친목 도모를 위해 사람을 만날 때에도 그의 말을 유심히 들어두고 '이 사람은 무엇에 관심이 있고 무엇을 잘하는구나'라고 나름 판단해두었다가 나만의 '필자 섹션'에 저장해둔다. 나중에 그 사람에게 원고를 청탁할 때도 있고, 글을 써본 적이 없는 사람일지라도 '새로운 시선'을 가졌다 생각되면 연재를 제안하기도 한다. 에디터는 세상에 나오지 않은 필자를 발굴하고 육성하는 직업이기도 하다.《빅이슈》에서도 해당 분야 글을 한 번도 써본 적 없는 필자에게 연재를 맡기고 그를 대중문화 칼럼니스트나 작가로 육성하기도 했다. 인터뷰를 하면서 만나는 사람, 식사 자리에서 우연히 인사를 나누는 사람도 '저장'한다. 사람을 저장해두었다 나중에 꺼내 필요한 곳에 배치하는 일이 재미있어서 에디터로 일하는 것 같기도 하다.

　잡지 기자로 일하면서 회사 밖의 일도 꾸준히 해왔다. 회사 바깥의 일들도 결국은 콘텐츠를 제작하는 것이었다. 때론 카피 쓰기였고, 때론 SNS에 올라갈 브랜디드 콘텐츠 제작이기도 했다. 아이돌의 콘서트 DVD에 들어갈 대본을 쓰거나 프로 축구단의 굿즈 네이밍용 PPT 제작을 하기도 했으며 오늘은 건축 가설재 회사의 기업 소개서를 쓰다가 내일은 패션 브랜드의 브랜드 스토리를 쓸 때도 있었다. 지금은 잡지사 편집장이면서 편의점 브랜드의 웹진 일을 하는데, 주말이면 점주님을 취재하러 제주도, 부산, 완주, 강릉등 전국 팔도를 떠돈다. 잠깐 떠오르는 것만 나열했는데도 참 열심히 살았다 싶다. 같이 일하던 사람들이 또 다른 일을

문화로 잡지를 채우는

소개해준 덕분에 굶어 죽지 않고 쓸모없이 예쁜 물건들도 과소비하며 살아남았다.

기록을 야무지게 해두지 않으면 많은 것이 휘발되거나 사라진다. 나쁜 기억들은 그저 흘러가서 영영 사라지도록 하는 게 좋지만 놓치고 싶지 않았던 순간들까지 없던 일이 된다. '이거 에세이로 쓰면 좋겠다'라고 생각했던 일상의 소재나 불현듯 떠올랐던 기획 아이디어들, 메모해두지 않은 덕분에 아쉽게 영영 흘러가버리고 탄생되지 못한 많은 명작들(응?). 돈 들여 여행해놓고 제대로 기록을 해두지 못한 탓에 흩어진 행복했던 여행의 기억들(기억력 또한 좋지 못해서 여행을 마치고 인천공항에 당도하는 순간 바로 여행의 기억이 쉽게 휘발한다). 이렇게 나는 일기를 쓰거나 틈틈이 기록을 잘해두지도 않아서 여기저기 잡문을 기고하는 것에 비해, 그리고 일한 연차에 비해 결과물이 잘 아카이빙되어 있지 못한 편이다. 그런데도 이렇게 누군가의 눈에 띄어 청탁을 받고 근근이 글을 연재할 수 있는 것은 정말이지 쉬지 않고 일을 하고, 어딘가에 글을 쓰고, 그것이 온라인에 남거나 매달 잡지로 나오는 분야에 몸담은 덕분이다.

잡지를 만드는 일을 여태 포기하지 못하고 여기에 머물러 있는 이유는 그 '남아 있음' 때문인 것 같다. 한 달 어찌어찌 정신없이 일을 하다보면 잡지가 나온다. 물성이 있는 그것을 받아 들고 내가 쓴 글이 인쇄된 것을 매만지면 워드 파일로만 있을 때보다 제법 괜찮아 보인다. '이딴 걸 인쇄한다니 나무가 아깝다' 싶었던 글도 이상하게 인쇄된 잡지에서 보면 제법 좋아 보인다. 지금 이 글도 제발 그러기를 바라며 쓰고 있다. 종이야, 잉크야, 마법을 부려줘! 블로그나 노션 같은 곳에 차곡차곡 기록을 쌓아두지 않아도 내 글은 어딘가에 남아 있다. 잡지이거나 웹진이거나. 어디에라도 흔적을 남기는 일을 10년 넘게 해왔기 때문에 내가 기록에 그다지 집착하지 않고 살았던 건지도 모르겠다.

기록을 해두지 않아도 내게 소중하거나 치명적으로 상처를 준 일은 기억에 남는다. 그리고 글 쓰는 사람은 그것을 수년이 지나서라도 글로 남기지 않으면 다음 단계로 넘어가지 못하는 병에 걸려 있다. 짧은 메모가 아니라 긴 글로, 내가 겪은 일과 감정, 그리고 당시의 상황을 쓰고 말아야 한다. 운 좋게 그 주제로 《한겨레》에 연재를 할 수 있었던 덕분에 그것을 모아 책도 낼 수 있었다. 이 과정에서는 몇 가지 간단한 기록을 활용했다. 아이폰 메모장이나 카카오톡 '나와의 채팅' 기능으로 남긴 짤막한 메모, 휴대폰으로 찍은 사진 정도다. 다이어리나 수첩을 이용하지 않고 카카오톡 '나와의 채팅'을 이용하는 이유는 별거 없다. 나를 믿지 못하기 때문이다. 휴대폰도, 다이어리도, 수첩도 잘 잃어버리는 통에 나 대신 카카오톡이라는 시스템에게 기록을 맡겨두는 것이다. 그럼 갑자기 필요할 때 내 손에 휴대폰이나 다이어리가 없어

문화로 잡지를 채우는

도 카카오톡에 접속해서 필요한 정보를 찾아볼 수 있다. 흘려보내선 안 될 것 같은 순간을 만날 때엔 휴대폰을 꺼내 사진을 찍어둔다. 그날의 사진을 찾아보면 그때의 기억이 어렴풋이 떠오른다. 그러면 그것을 글로 쓴다. 파편처럼 흩어져 있었던 기억이, 치유되지 못한 응어리가, 내가 평소 생각하고 있었던 고민, 사회적인 불만들이 지우개 똥처럼 뭉쳐지기 시작한다. 그렇게 마감일에 맞추어 글을 완성하면 내가 따로 기록해두지 않아도 그 시절의 '나'가 어느 미디어에 남게 되는 것이다.

나의 모든 일상이 기록이 될 필요는 없지만, 내가 쓰지 않는 이상 그것은 그냥 흩어진다. '난 재미 없는 사람이야. 이야깃거리가 없어. 내가 뭐라고……'라고 여기는 사람에게조차 꺼내지 못한 무궁한 콘텐츠가 있다는 것을 나는 안다. 내가 그런 사람이니까. 사실 우리는 모두 아직 탄생하지 못한 글이고 이야기다. 똑같은 일을 겪어도 그것이 개개인을 통과해 소화되는 순간 서로 다른 이야기가 되고, 그것은 다른 누구도 아닌 '나'만 말할 수 있는 콘텐츠가 된다. 우리는 이야기가 아니지만, 누구나 이야기를 만들 수 있다고 믿는다.

한계 속에서도 기록해내야 하니까

《빅이슈》에서 일하며 2024년 7월까지 매달 두 권의 잡지를 만들었다(2011년 5월부터 격주로 발행한 《빅이슈》는 이후 월간으로 전환했다). 편집장 한 명, 기자 두 명, 교정교열자 한 명. 편집부 인원은 이렇게 네 명이다. 사실상 취재기자는 두 명에 불과하다. 인원도, 제작비도 부족하고, 무엇보다 매체력이 크지 않은 잡지사이다보니 제작 과정이 쉽지 않다. 섭외 전화를 백 번 돌리면 한 명이 섭외가 될까 말까 하는데 주로 '말까'의 경우가 많고, 거의 주간지의 속도로 만드는 잡지이다보니 마감일은 아주 재빠르게 돌아온다. 가끔은 펑크만은 막자는 마음으로 만들어내야 할 때도 있다.

그럴 때마다 턱까지 숨이 차오를 정도로 힘이 든다. 특히 모든 잡지가 그렇듯 가장 중요한 커버 섭외가 골치다. 다른 페이지들이야 어찌어찌 외고 필자의 주옥같은 글과 기획 기사로 채운다지만, 커버는 잡지 판매율을 크게 좌우하기 때문에 최선의 힘을 짜내야 한다. 어느 시점까지 섭외가 확정되지 않으면 백지 위에 'BIG ISSUE' 제호만 내보내야 할 수도 있다. 그럴 때마다 이번 호야말로 어쩔 수 없이 '우리 집 고양이 후추 사진이라도 표지에 내보내야 하나' 하는 멍청한 생각까지 든다. 비단 《빅이슈》, 혹은 잡지 만드는 일에만 국한된 고민은 아닐 거다. 모든 일이 그렇다. 주어진 조건

속에서 해낼 수 있는 만큼 일을 해야 한다. 어느 직장에서 어떤 프로젝트를 하든 주어진 예산과 기간, 도달해야 할 목표와 거기까지 갈 수 없게 만드는 무수한 난제가 존재한다. 그러니까 일을 하는 사람들은 모두 주어진 범위 안에서 할 수 있는 최선의 선택들을 해야만 한다. 아쉽게도 "김 주임이 하고 싶은 거 다 해! 돈은 신경 쓰지 말고! 뭐라고? 팝업에 BTS를 섭외하고 싶다고? 마침 내 절친이 하이브 중역이야. 말해둘 테니 진행해!"라고 결재 사인을 해주는 상사 따위는 세상에 존재하지 않는다.

《빅이슈》는 '대중문화 잡지'라고 분류해두었지만 생각보다 광범위한 주제를 다룬다. 당연히 주거 문제도 다루고, 장애인 이동권, 동물권, 기후 환경, 여성·아동·청소년 쉼터, 탈가정 청소년 주거, 로컬 생활, 아이돌 앨범 과잉 소비와 쓰레기 문제, 디지털 디톡스, 노인복지, 영 케어러, 귀촌하는 MZ 세대, 재개발 지역의 동물 구조, 하다못해 최근에는 요즘 젊은이들 사이에서 MBTI 다음으로 사주와 타로가 유행하는 상황에 대해 다루었다. 당시 트렌드를 짚으려 하다보면 사회 문화 전반에 우리가 다루지 못할 주제는 없다는 생각이다. 어떤 영토든지 발자국을 살짝 남겨도 아무도 뭐라 할 사람이 없다는 것도 콘텐츠를 만드는 사람으로서 이 잡지의 장점이라고 생각한다. 그래서 초반에는 기획하는 재미가 컸지만, 5년이나 하다보니 이제는 뭘 더 해보면 좋을지 잘 모르겠다는 막막함도 든다. 커버가 누가 됐든 콘텐츠의 매력만으로 구매욕이 드는 잡지를 만들고 싶어서 이렇게 저렇게 해봤지만 매번 판매 지수를 보면 결국은 커버에 누가 등장했느냐가 전부가 아닌가 싶기 때문이다. 당연히 팬덤이 있는 유명인이 커버에 등장해 그의 팬들이 좋은 마음으로 잡지를 대량 구매해줄 때, 《빅이슈》 판매원들의 생활도 조금은 넉넉해진다. '이런 잡지를 만들어달라'는 판매원들의 요구는 아주 다양하지만 결국은 '많이 팔리게 만들어달라', '표지 섭외를 잘해달라'인데, 나라고 그러고 싶지 않을까.

미디어 파급력이나 바이럴 마케팅이 원활하지 않은 콘텐츠 회사에서는 결국 기획력이나 아이디어로 한계를 돌파해야 한다. 한계가 명확하다고 아무것도 안 할 수 없다. 어찌되었든 잡지는 정해진 날에 나와야 한다. 그래서 최종의 최종, 최종의 최최종의 날까지 커버 섭외가 안 될 때를 대비해 B안을 다양하게 생각해두어야 한다. 커버 섭외가 완료되고 화보 촬영과 인터뷰까지 끝났다고 안심해서도 안 된다. 언제 무슨 일이 터질지 모르는, 여기는 '다이내믹 코리아'이기 때문이다. 아침 9시 커버 촬영을 앞두고 새벽 3시에 해당 연예인의 스캔들이 터지기도 한다. 커뮤니티나 SNS에서 '○○○ 논란'을 먼저 발견했던 나는 혹시 몰라 기사가 뜰까 밤새 대기를 하고 있었는데, 아니나 다를까 그날 새벽에 포털에 해당 연예인의 과거 논란 뉴스가 보도됐다. 다급히

문화로 잡지를 채우는

연락을 취하자 소속사에서는 '사실 무근이니 예정대로 인터뷰를 진행하겠다'고 했다. 물론 우리 쪽에서 촬영을 취소할 수도 있었지만, 일단 그대로 진행을 하기로 하고 이른 아침 촬영장으로 향했다. 화보 촬영과 인터뷰를 진행한 후에는 이대로 커버를 낼지 그날 바로 결정해야 했다(촬영 다음 날이 인쇄 송고일이었다).

혹시 모를 상황을 대비해 B안을 찾기 위해 내가 한 일은 개봉 영화나 그간 저장해둔 일러스트레이터의 이미지를 찾아보는 것이었다.《빅이슈》를 만들면서 유명인 커버 외에 진행했던 것들이 그림 커버, 웹 소설과 웹툰 커버, 인기 캐릭터 커버였는데, 이렇게 급하게 커버를 찾아야 할 때도 많아 미리 여러 가지를 후보로 준비해둔다. 당시에는 개봉 예정 영화를 찾았고, 사회적 의미와 대중적 관심이 높아 '이걸로 커버 해도 좋겠다' 점찍어두었던 영화의 홍보사에 연락을 했다. 이미 기자 시사회는 끝난 상황이라 당일 저녁에 열린 VIP 시사회에 참석해 영화를 봤다. 그러고는 홍보 자료와 리뷰, 해외 뉴스를 뒤져 밤새 커버스토리를 꾸렸다. 그렇게 이미 촬영한 이미지와 인터뷰를 폐기하고(아직 정확한 사실이 아니라 해도 피해자가 구체적인 증거를 토대로 피해 사실을 주장하고 있었고, 매체에도 손해가 갈 수 있었기에 하루 사이에 빠르게 폐기를 결정해야 했다) 하루 만에 다른 내용으로 커버를 마감하고 인쇄를 했다.

꼭 이런 경우를 대비해서는 아니지만 기자 일을 할 때부터 습관처럼 나는 각종 정보를 스크랩하고 사진으로 찍어두고 카카오톡 '나와의 채팅' 창에 링크와 글을 복사, 붙여 넣기 해두곤 했다. 아카이빙을 잘해두지 못하는 대신 '관심사'를 마구잡이로 적재해두는 것이다. 세상에 무수한 정보 중 내 눈에 겨우 포착된 '그것'이 연기처럼 사라질세라, 남들이 다 아는 유행을 나만 모르고 있다가 뒤처지는 사람이 될까 봐 굶주린 사람처럼 허겁지겁 채집하고 쌓아두고 또 그것을 금방 잊어버리곤 했다. 아니, 잊은 줄 알았다가도 그것은 필요할 때마다 적시에 내 머릿속에 홀연히 나타났다. 그러면 나는 '아, 맞다. 그때 그게 이 기획이랑 연결될 것 같은데?'라며 '나와의 채팅' 창이나 사진첩을 뒤지기 시작한다. 정리가 잘 되어 있지 않아 금방 찾지는 못하지만 집요하게 뒤지다 보면, 눈에 불을 켜고 찾다보면 캡처된 이미지나 과거의 내가 나에게 보낸 정보는 숨바꼭질을 하다가도 다시 내 앞에 꼬리를 드러내곤 한다.

비슷한 사례는 많다. 커버 작업을 함께하자고 했던 유명인이 갑자기 '홍보 일정상 인터뷰가 어렵다'고 취소하는 바람에 급하게 커버를 채워야 했을 때는 친구들과 떠난 강릉 여행에서 우연히 보았던 그림을 떠올렸다. 한여름, 농구 골대가 세워져 있는 한적한 공원에 교복을 입은 소년과 소녀가 털퍼덕 앉아 있다. 농구 골대 뒤로 공원의 나무는 한껏 푸른빛을 내뿜고, 여름 햇살이 소년과 소녀 위로 쏟아지고

문화로 잡지를 채우는

있다. 빛은 농구 골대를 중심으로 반사되고, 바닥에 울창한 나무 그림자가 드리워져 있다. 소년과 소녀가 서로를 향해 마주 앉아 있는 '여름의 청춘'을 고스란히 담은 그림이었다. 거기에는 이미 순정 만화 한 권에 달하는 스토리가 담겨 있었다. 단번에 '아, 언젠가 이 작가님이랑 작업해봐야겠다' 싶어서 휴대폰 사진첩에 작가의 이름과 그림을 담아놨다. 해당 호를 제작하고 있을 때는 〈선재 업고 튀어〉라는 드라마가 종영을 앞두고 '선재'의 인기가 치솟았다. 표지와 커버 스토리 기획으로 '다시 돌아온 로맨스 드라마의 인기'를 떠올렸고, 〈선재 업고 튀어〉의 배우들을 섭외할 수 없다면 드라마를 비롯한 '로맨스의 귀환'을 주제로 그림을 표지로 써야겠다는 생각을 했다. 물론 인기 드라마나 영화로 기사를 기획할 때 배우나 작가 인터뷰를 싣는다면 가장 좋지만, 그게 어렵다면 다른 방법을 강구해야만 한다. 잡지를 펑크 내는 것보다는 5월호에 '초여름의 로맨스와 청춘'을 품은 그림을 표지로 하고 '당신을 구원할 로맨스'라는 주제로 다양한 기획 기사를 꾸리는 게 좋지 않겠는가. 그럴 때 바로 이용하는 것이 과거에 모아두었던 아이디어와 사람들이다. 표지는 강릉 소품숍 '오어즈'의 전시에서 보고 기록으로 남겨두었던 그림의 작가에게 해당 그림을 사용해도 좋을지 문의했다. 드라마 리뷰 기사는 관심 있게 연재를 지켜보던 칼럼니스트에게 청탁하고, 추천 웹 로맨스 소설들을 묶어서 다른 기사를 마감했다. 급조해서 겨우 펑크를 막고 있는 것처럼 보이지만 마감에 돌입하면 우리는 진심으로 전력 질주한다. 과거에 머릿속에 저장해두었던 '좋아하는 것'들의 기록을 찾아가면서 온갖 능력치를 풀가동하는 것이다.

△ '로맨스가 필요해'가 커버스토리였던 322호 표지 그림.
여행 중 기록해두었던 작가의 그림을 표지로 사용했다.

문화로 잡지를 채우는

모든 것은 나 자신에서 출발한다

'빨강 머리 앤'을 커버로 진행한 적이 있었다. '빨강 머리 앤'은 원작이 있고, 한국에서는 애니메이션으로 더 유명한 클래식 콘텐츠다. 8월호에 '앤'을 커버로 해야 할 이유는 전혀 없었다. 새로운 영화가 개봉하거나 새로운 번역본이 나온 것도 아니었다. 그냥 우리의 필요에 의해서였는데, 커버 인물 섭외가 전혀 안 된 상태에서 '그럼, 빨강 머리 앤을 커버로 해보는 건 어떨까?' 하고 급하게 아이디어를 냈을 뿐이다. 물론 그 전에 늘 다양한 일러스트레이터를 트위터에서 팔로잉하고 있고, 여러 작업물 중 우리 잡지와 어울리겠다 싶은 것은 따로 캡처해 기록해두고 있다가 필요한 순간 꺼내 쓴다. '빨강 머리 앤' 커버는 트위터에서 지켜보던 방새미 작가의 그림인데, 작가가《앤과 다이애나》라는 그림책을 냈던 것이 생각나 커버 청탁을 했다. 나는 매해 '서울일러스트레이터 페어'를 방문해서 그해 일러스트 트렌드를 읽고, 내 취향의 그림과 부스를 기록해둔다. 일러스트는 페어처럼 정보가 한꺼번에 모인 곳에 가서 사진을 찍거나 사이트를 캡처하고 SNS를 팔로잉해두면 필요할 때 적합한 작가에게 바로 제안할 수 있다. '빨강 머리 앤'을 진행할 때는 잡지 발간 시점까지 시간이 얼마 남지 않아 작가에게 새로운 그림을 요청할 순 없었고, 내가 구매했던 그림책에서(언젠가 이 작가와 일해봐야겠다는 생각에 그림책을 구매해뒀었다), 몇 개의 앤과 다이애나 그림을 골라 '이 그림으로 표지를 만들고 싶다'고 제안했다.

물론 작가의 그림과 인터뷰만으로 잡지를 꾸릴 순 없어서 나의 기억 창고를 뒤져 다양한 구성을 갖췄다. 친구인 정문정 작가가《빨강 머리 앤》을 너무 좋아해서 캐나다로 덕질 투어를 다녀왔던 것이 생각나 그에게 '프린스에드워드섬에 다녀왔던 걸로 여행기를 써달라'고 청탁했고, 역시 친분이 있는 언론사 기자의 카카오톡 프로필 이미지가《빨강 머리 앤》그림인 것이 떠올라 '나에게《빨강 머리 앤》이 어떤 의미인지'에 대해 짧은 인터뷰를 했다. 특히 기자의 에피소드가 예상보다 재미있었다. 언론사 입사 준비를 하며 면접에서 아쉽게 떨어졌던 기자는 한번은 '에라, 모르겠다' 싶은 마음으로 좋아하는 빨강 머리 앤을 따라 머리를 붉게 염색하고 면접을 봤다. 빨강 머리를 하고 면접을 봤으니 광탈할 수도 있었지만, 그는 지금 다니는 언론사 취업에 성공했다. 그렇게 그에게 앤은 어릴 때의 추억에 머무르지 않고 행운의 상징이 되었던 것이다. 기자는 내가 해당 언론사에 연재를 할 때 담당 편집자였다. 당시 같이 식사를 하다가 '이분에게 나중에 원고를 청탁해봐야겠다'라고 '사람 저장'을 해두었는데, 그것이《빨강 머리 앤》에 대한 짧은 인터뷰까지 이어진 것이다. 사람을 만나서 이야기를 나누다보면 상

문화로 잡지를 채우는

대의 캐릭터나 매력적으로 느껴지는 요소가 가늠되는데, 기자에게서는 지방에서 상경해 어려운 적응기를 겪은 고민 깊은 청년 중 하나라는 느낌을 받았다. 카카오톡 프로필 이미지를 보고 그를 떠올리기도 했지만 그를 만났을 때 '나만의 분류'를 해두었기에 필자로 섭외해야겠다는 판단을 할 수 있었다. 사람을 만났을 때 그의 특성을 기억했다 분류하고 저장해두는 상자는 필요할 때마다 꺼내 쓰는 나만의 기록 창고다.

◁ '빨강 머리 앤' 표지(왼쪽)와 커버스토리 내지(아래쪽). 방새미 작가의 그림책《앤과 다이애나》중 두 사람의 관계성을 가장 잘 보여주는 그림을 요청해 사용했다.

'빨강 머리 앤'을 커버로 잡지를 펴낸 과정은 평소 내가 관심 있게 지켜보던 사람들에게서 출발했다. "나 앤 좋아해서 앤 배경이었던 캐나다까지 갔었잖아"라고 수다 떨던 친구의 빛나는 눈동자, 앤 그림을 메신저 프로필 이미지로 설정해두고 유독 앤 이모티콘을 자주 쓰던 기자와의 대화창, 트위터에서 '이 그림 이쁘다'고 저장해두었던 작가의 그림책, 컬러링북에 관심이 있어 잔뜩 넣어둔 서점 장바구니, 그리고 하교 후 매일 〈빨강 머리 앤〉 만화를 챙겨 보던 열 살 무렵의 어린 나. 콘텐츠 제작자는 결국 최선의 독자로 자신을 떠올리게 된다. 다양한 관심사를 주머니에 넣어두고 요즘 사람들이 좋아하는 것, 유행템, 트렌드와 취향을 킁킁거리며 취합해야 하지만, 그 모든 것은 결국 '독자이자 소비자'인 나 자신에게서 출발한다.

일을 시작하던 때는 강박적이리만큼 사람들이 알고 있는 걸 내가 모르는 것을 용서할 수 없었다. 새로 생긴 뉴스 매체, 웹진, 유의미한 블로그나 글 잘 쓰는 필자들이 모인 작은 공동체 사이트까지 모으다보니 즐겨찾기만 천 개가 넘었다. 몇 번 이직을 하고 노트북을 바꾸다보니 정리를 잘 하지 않고 모으기만 하는 것은 의미가 없다는 생각이 들었다. 그래서 요즘은 뭐든지 강박적으로 모으기보다는 나만의 시선이나 사고의 방향을 확실하게 다지는 것이 중요하다는 생각으로 기록하려 한다. 낯선 사람을 만나면 이 사람은 어떤

문화로 잡지를 채우는

콘텐츠를 품고 있을까, 새롭게 무엇을 만들어볼 수 있을까 상상하고, 트위터나 인스타그램에서 콘텐츠 업계 사람은 아니지만 개성 있는 무언가를 보여주는 이라면 꼭 저장해두었다가 원고 청탁을 한다. 지하철역에서 내가 모르는 연예인의 생일 광고가 있으면 사진을 찍어두었다가 찾아보기도 한다. 누군가가 돈을 내고 광고를 한다는 것은 어느 정도 팬덤이 있다는 것인데, 혹시 내가 몰랐던 분야에서 높은 인지도와 인기를 누리고 있는 사람이라면 섭외를 해야 하니까.

업무 외 시간에도 안테나가 바짝 세워져 있어 피곤할 때도 있다. 하지만 지나치듯 보고 경험한 일 중에서도 매력적인 것은 꼭 모아두고, 만나는 사람의 말은 잘 기억해두었다가 필요한 순간에 꼭 써먹거나 함께 일할 동료로 섭외한다. 정리는 잘하지 못하지만, 마구잡이로 쌓아둔 기록 더미에서 나는 지금 꼭 필요한 것을 찾아내고야 만다.

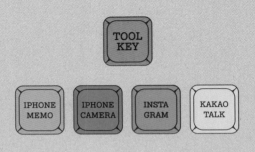

김송희

한국판 《빅이슈》 편집장. 전 《씨네21》 기자. 각종 미디어에 대중문화에 대한 글을 기고한다. 《희망을 버려, 그리고 힘내》, 《일요 개그 연구회》(공저), 《미운 청년 새끼》(공저)를 썼다. 얇고 넓게 잡다한 분야에 관심이 많은 것이 고민이자 장점이다. '어떻게 살아야 할까?', '혹은 요새 뭐가 재미있어?'를 친구들에게 자주 묻는다. 웃기려고 했는데 아무도 안 웃을 때 가장 수치스러우며, 남들을 웃길 때 희열을 느낀다.

인스타그램 @cheesedals

문화로 잡지를 채우는

EDITOR
010

"내 시간을 끌어당기는 대상에
더 관심과 정성을 기울여본다."

손현 · 전 토스 콘텐츠 매니저, 에세이 작가

WRITE
LIFE

Ctrl + S

Save

삶을 글로 지어내는 기록법

새벽 5시 반. 알람 소리에 깼다. 마감 이 주 전. 오늘은 꼭 원고를 써야 한다. 개요라도 짜야 한다. 안방 문을 조용히 닫는다. 물 한 잔을 마시고 부엌 탁자 앞에 앉는다. 아, 맞다. 잊고 있던 빨래가 떠올라 세탁실에 다녀온다. 홀로 맞이하는 이른 아침이 쾌적하다. 조용히 글을 쓸 생각에 괜스레 기분이 좋아진다.

부엌으로 돌아오는 길에 보니 안방 문이 열려 있다. 아까 문을 안 닫았나? 작은 물체, 아니 아이가 다른 방에서 나온다. 깜짝이야. 침대에서 사라진 아빠를 찾아 자기 방으로 갔나보다. 어제 야근을 한 아내는 아이 방에서 곤히 자고 있다.

— 2024년 10월 16일 일기에서

작년 4월부터 직장을 그만두고 책을 쓰고 있다. 둘의 인과 관계는 딱히 없다. 책을 쓰려고 퇴사한 건 아니었다. 그래도 내심 회사를 다니지 않으니까 책 한 권에 석 달씩 잡고 연말까지 두 권 정도는 쓸 수 있을 거라 기대했다. 몇 년 전, 비슷한 시기에 출판사 두 곳과 각각 출간 계약을 맺은 터라 관계자분들이 더는 곤란해지지 않도록 부지런히 써야 한다. 어느덧 10월 하순, 아직 한 권도 온전히 마치지 못한 게 현실이다. "프로젝트가 너무 바빠서요", "회사 일이 많네요"라는 핑계를 댈 수도 없다.

내가 나를 너무 후하게 평가했다. 퇴사 후 현실은 기대와 달랐다. 회사에서 보내는 여덟 시간만큼 매일 글을 쓸 줄 알았는데 그중 많아야 절반 정도를 글쓰기에 쓰는 수준이다. 회사를 위해 일하느라 뭉개고 있던 가정의 일이 이리 많을 줄이야. 그동안 맞벌이 부부로 지내온 아내와 나의 역할도 변했다. 가장이 된 아내는 자기 사업을 더 잘해야 한다는 부담을 느끼는 듯했다. 아내는 수영과 관련한 다양한 제품을 만들어 판다. 1년 중 여름 매출 비중이 가장 높다보니 봄부터 무척 바빴다. 자연스럽게 내가 아침마다 아이의 어린이집 등원을 맡았고, 이따금 아내가 야근을 하면 아이와 저녁 시간을 보내다 같이 잠들었다(물론 나도 저녁 약속을 가끔 잡았고 아내가 기꺼이 교대해주었다).

이 패턴은 기나긴 여름이 끝날 때까지 반복됐다. 고개를 들어보니 단풍이 물들고 있었다. 길가에 떨어진 은행나무 열매를 미처 피하지 못하고 밟았다가 정신이 번쩍 들었다. 큰일 났군. 글 쓸 시간을 그나마 더 가지려면 내가 더 일찍 일어나야겠다고 판단했다. 인터넷에 떠돌던 밈처럼 '인간의 욕심은 끝이 없고 (나는) 같은 실수를 반복'했다. 내 의지를 다시 한번 과대평가했다. 새벽 기상은 기대와 달랐다. 아침잠이 많은 내가 알람을 듣고 한 번에 일어나는 경우는 드물었다. 일찍 일어나면 아이도 덩달아 일찍 깼다. 기상 시각을 더 앞당겨야 할까? 아이가 어린이집에 있는 동안 더 집중해서 글을 쓰면 좋을 텐데 불현듯 잊고 있던 집안일이나 잡무들이 떠올랐다.

[앞의 일기에 이어서]

"아빠, 어디 갔었어?"

"빨래 돌리고 왔어. 아직 깜깜한데 더 자야지?"

"아빠가 옆에 없으니까 일찍 일어났지."

"아빠 이제 글 써야 하는데……."

"새벽부터 글을 쓰면 어떡해. 잠을 자야 키가 크지."

분명 대화 형식이긴 한데, 자기 할 말만 하는 것 같다. 잠시 후 아이가 말한다.

"아빠, 나 배고파."

"아직 6시 반인데? 읽을 책 하나 챙겨 올래? 조금 이따 밥 차려줄게."

아이가 내 상황을 온전히 이해한 건지 모르겠지만, 일단 고개를 끄덕인다. 그림책 한 권을 가져온다. 제목은 '유령은 이사 중!'. 나도 잠시 투명한 유령으로 변신해 어딘가 숨어 글을 쓰고 싶다는 생각을 해본다.

만 3세 아이가 읽는 그림책은 얇고 글자가 그리 많지 않다. 책 한 권을 금세 다 읽어버린다. 한글을 아직 배우기 전이니 본다는 표현이 맞겠다. 졸린 눈을 비비며 노트북 화면을 노려본다. 어디까지 썼더라? 노트북 너머로 무료함을 호소하는 동그란 얼굴이 보인다. 통통한 볼을 식탁 위에 얹은 채 아이가 다시 말한다.

"아빠, 나 배고파."

"그래, 아침밥 줄게. 같이 먹자."

오늘 아침에도 글을 쓰지 못했다. 빨래라도 돌렸으니 다행이다.

– 2024년 10월 16일 일기에서

내 글을 이루는 조각들

집필 중인 책 중 하나는 테니스에 관한 에세이다. 테니스를 치다가 떠오른 생각들을 자유롭게 적는 건데, 그 생각의 깊이가 내가 봐도 얕은 수준이라 테니스라도 열심히 쳐야겠다는 생각으로 주 2회 레슨과 주 1회 모임에 나간다. 테니스를 치고 나면 피로가 몰려온다. 이거 참 곤란하군. 글쓰기를 방해하는 요소는 많다. 아래 요소들이 나의 글쓰기를 방해한다고 탓할 수 있겠다.

글쓰기를 방해(한다고 생각)하는 것들: 설거지, 청소, 세탁, 빨래 개기, 쓰레기 분리배출, 냉장고 정리, 소모품 구입 등 집안일, 유난히 아침 일찍 깬 아이, 유난히 밤늦게 잠드는 아이, 이런저런 론칭과 미팅으로 반복되는 아내의 야근, 비슷한 이유로 반복되는 아내와의 다툼, 테니스 레슨을 마친 뒤의 피로, 테니스 모임을 마친 뒤 더 열심히 해야 하는 주말 육아 후의 피로 등.

그런데 이것들이 내 글쓰기를 방해한다고 말할 수 있을까? 사전을 찾아보니 '방해'는 '남의 일을 간섭하고 막아 해를 끼침'을 뜻한다. 위에 나열한 것은 남의 일이 아닌, 모두 나의 일이다. 실은 내가 응당 해야 하는 것들이다. 심지어 테니스를 치러 가는 행위는 내가 선택했고 즐기는 일이다. 관점을 바꾸면 글쓰기를 방해하는 모든 게 내 일상이자 삶이다. 육아 일기는 아이가 태어난 뒤 내 삶에서 뗄 수 없는 글쓰기 주제가 됐다. 2022년 초부터 '썬데이 파더스 클럽'이란 이름으로 총 다섯 명의 아빠가 번갈아가며 육아 일기 뉴스레터를 보내고 있다. 뉴스레터를 잠시 쉴 때도 모 전자책 플랫폼에 같은 주제의 글을 매주 연재했다. 뉴스레터나 소셜 미디어에 부부 싸움 이야기를 올리거나 이를 회고하는 반성문을 공개하면 대체로 다른 글보다 열띤 반응이 보인다. 글쓰기를 방해한다고 여기는 요소들을 재료로 한 편의 글을 완성하고 공개적으

삶을 글로 지어내는

로 발행하는 과정에서 종종 해방감을 느낀다. 여기서 '해방'은 사전적으로 '구속이나 억압, 부담 따위에서 벗어나게 함'을 뜻한다. 나를 구속하는 모든 것이 글 쓰는 원동력이 되는 모순을 받아들이고 있다. 이러니 일상은 결코 소홀히 할 수 없고, 글쓰기는 간신히 해내는 느낌이다. 이런 상황이 지금의 내게는 균형이랄까.

> 육아는 언제든 돌아갈 수 있는 장소를 제공함으로써 자신이 마음껏 상상적 모험을 할 수 있도록 해준다고 어슐러[미국의 SF 및 판타지 작가 어슐러 르 귄]는 한때 말한 바 있다. "예술가는 자신이 창조한 개인적 세계로 들어갈 수 있지만 다시 현실로 돌아오는 길을 찾는 것은 쉽지 않을 수 있다. 그 때문에 나는 내가 가정을 꾸리고 집안일을 한다는 사실에 늘 감사하게 된다. 안 할 수는 없는 그 시시한 일상적 일들이 내 삶에 균형을 잡게 한다."
> — 줄리 필립스,《나의 사랑스러운 방해자》

요즘처럼 아이의 주 양육자로 지내며 돌봄과 가사에 전념하던 시절이 또 있었다. 1년 동안 육아휴직을 썼던 2022년 봄부터 2023년 봄까지다. 그 시절에도 아내와 양가 부모님의 배려로 일주일에 한 번씩 성수동의 소규모 공유 작업실 '초록집'으로 나가 틈틈이 글을 썼다. 육아휴직을 마칠 즈음, 초록집을 운영하는 조퇴계 발행인의 권유로 글쓰기 위크숍을 진행했다. 제목은 '가볍게 자주 글쓰기'. 최근 몇 년 동안 가볍게, 그리고 자주 글을 쓰는 플랫폼은 인스타그램이었다(보다 긴 글은 네이버 블로그나 카카오의 브런치스토리에 올렸다). 가볍게 자주 써보자는 워크숍을 준비하며 인스타그램 개인 계정에서 발행한 3년 동안의 게시물 수와 주제를 살펴봤다.

2020년에 올린 게시물 수: 69건

2021년에 올린 게시물 수: 131건

2022년에 올린 게시물 수: 156건(육아휴직 중)

게시물 수로만 따지면, 나는 메타가 시키지도 않은 글쓰기 노동을 자청한 인스타그램 중독자로 보인다. 육아휴직 중인 2022년에 올린 게시물 수는 156건. 이삼일에 한 번씩 글을 올린 셈이었다. 내가 이토록 외로웠나 싶다. 사진 몇 장과 더불어 두세 문장만 가볍게 써서 올린 것도 있지만, 한 번에 쓸 수 있는 분량인 2200자를 가득 채운 글도 적지 않았다.

본업을 잠시 쉬는 동안 특별한 목적 없이 자유롭게 쓴 글은 어떤 내용이었을까. 2022년에 특정 기업이나 브랜드의 청탁을 받고 올린 홍보 및 광고 게시물은 총 25건으로 전체의 16퍼센트를 차지했다. 아내의 사업 홍보는 아내가 따로 청탁한 적이 없으므로 제외했다. 나머지 131건 게시물을 분

삶을 글로 지어내는

류해보니, 다섯 가지 주제와 조금씩 연결되어 있었다. 테니스, 육아, 배우자의 사업 근황, 읽은 책, 작업실 풍경. 모두 일상에서 일주일 단위로 반복해 마주하는 것들이다.

육아휴직 중에도 매주 테니스 코트로 나갔다. 레슨을 받거나 게임을 마친 뒤 그날의 운동을 복기하면 짧게라도 할 얘기가 생겼다. 육아는 눈을 뜨는 순간부터 잠들 때까지 하루 중 가장 큰 비중을 차지하는 행위다. 누군가를 돌보는 일은 기쁠 때나 슬플 때나 내 밑바닥과 경험을 확장하며 다채로운 콘텐츠 소재를 제공했다. 배우자의 사업은 글쓰기를 떠나서도 중립적으로 대하기 어렵다. 처음에는 그저 돕고 싶다는 마음으로 조언이나 참견을 했지만 오히려 역효과를 낳았다. 어느새 사업 3년 차 사장으로 성장한 아내를 보며 이제는 무조건적인 지지와 응원, 사랑이 더 중요하다는 걸 안다. 그걸 글로 표현하며 가끔 배우자의 사업 근황을 전한다. 종종 책이나 작업실 풍경을 주제로 쓴 글도 있었다. 주변에 책을 내는 지인이나 출판 관계자가 많아 문화부 기자가 아님에도 운 좋게 신간을 빠르게 접하는 기회가 생기곤 했다. 그들이 보내준 책을 성실히 소개하는 것으로 감사를 표했다. 매주 들른 공유 작업실 초록집. 이름처럼 책상 곳곳에 놓인 초록 빛깔의 식물들이 마음의 평화와 위안을 줬다. 그곳에서 만난 다양한 동료들의 이야기도 글의 소재가 됐다.

글감을 찾는 과정은 주식시장에서 투자할 기업을 발견하

는 것과 비슷하다. 최소 몇 개월에서 2~3년 이상 함께할 기업을 찾아야 한다. 택시 안에서 멀리 창밖 풍경을 보다가 우연히 눈앞의 유리창으로 초점을 옮겨 선팅 필름에 적힌 어느 기업 로고를 발견한 적이 있다. 나중에 그 기업에 호기심이 생겨 어떤 사업을 하는 곳인지, 최신 뉴스와 재무제표, 주가 흐름까지 살펴봤다. 당분간 해당 기업의 실적이 좋을 걸로 예상되어 소액을 투자해 수익을 얻기도 했다. 일상의 초점을 원거리와 근거리로 바꾸다보면 새로운 글감을 발견할 수 있다. 실제로 내 눈앞에 계속 있던 것도 관심이 없어 보지 못하는 경우가 많다. 자주 만나지만 늘 그냥 지나쳐서 몰랐던 어떤 단어, 누군가의 지나가는 말, 아이와 함께 놀았던 경험 등 그 현상의 이면에 무엇이 있을지, 사람들은 어떻게 생각하고 내 생각은 어떤지 곱씹다보면 그 생각과 입장을 글로 정리해보고 싶은 마음이 된다. 간단한 조사가 가능하다면, 그 현상과 관련해 수집한 정보가 정확한지 확인하는 과정도 필요하다. 따로 조사가 어렵다면, 상대방에게 직접 묻거나 들으려고 노력하는 태도도 필요하다.

내가 취하지 않는 글감들도 있다. 단발적으로 큰 화제가 되어 주가가 어디로 튈지 모르는 테마주나 밈 주식 같은 소재는 피한다. 이런 주식은 남보다 빨리 정보를 습득해 민첩하게 대응해야 하는데 개인 투자자인 나는 그럴 자신이 없다. 세상 모든 일에 참견하며 글을 쓸 순 없다. 많은 이의 입에 오르내리는 주제에 대해 나도 굳이 한마디 보태고 싶은 욕구가 생기지만 '내가 꼭 써야 할 글인가?'라고 물으면 대답은 분명해진다. 그 주제에 대해 자주 생각한 적이 없으면 쓰지 않는다. 일회성 주제는 한두 주만 지나면 다른 이슈로 금방 대체되기 마련이다.

조각들을 펼치고, 숨고, 정돈하기

반복되는 행위는 일상의 글쓰기뿐 아니라 커리어와도 밀접하게 연결된다. 매거진《B》에서 직업인에 관한 인터뷰 단행본 시리즈 '잡스JOBS'를 기획하고 만들 때 편집부는 이런 질문을 공통적으로 던졌다. "당신이 끊임없이 좋아할 수 있는 최소 단위의 반복은 무엇인가요?" '잡스'를 통해 조명한 다양한 직업인은 일상을 꾸준히 반복하며 목표를 이뤘다는 공통점이 있었다. 시리즈의 두 번째 순서로 셰프를 조명했을 때 책에 등장하는 인터뷰이들은 루틴을 견디고 그걸 조금씩 최적화해야 한다고 강조했다. "매일이 똑같이 반복되어요." 서울의 파인 다이닝 업계에서 출발해 뉴욕으로 무대를 넓힌 박정현 셰프는 매일 오전 9시 반에서 다음 날 새벽 3시까지 빼곡하게 짜인 하루 일과를 소화하며 가장 좋은 방식을 찾기 위해 여전히 고민 중이라고 덧붙였다. 조계종 수행 승려 정관스님은 자신의 일과가 곧 수행이라고 표현했다. "일상생활의 모든 순간 중 선(禪)이 아닌 것이 없습니다. 생활 속에서 최선을 다하는 일이 수행이고 선입니다."

그즈음 내가 좋아할 수 있는 최소 단위의 반복도 정리해봤다. 그 반복은 이런 모습이었다. 이야기를 듣고, 메모하고, 메모를 엮고, 보충 자료를 찾고, 긴 글로 쓰는 행위. 흩어진 조각을 모아 긴 글로 쓰는 과정은 예나 지금이나 괴롭다. 가끔은 내가 아무리 개요를 촘촘히 짜도 쓰는 과정에서 다른 데로 빠져 길을 잃거나 글이 어떤 식으로 완성될지 모르겠다는 불안에 사로잡힌다. 그럼에도 정돈된 글을 쓰기 위해 다음과 같은 순서를 따른다.

1) 글에 담을 내용을 모두 나열하고
2) 생각이 흐르는 대로 끝까지 쓴 다음
3) 번호를 붙이면서 순서를 다시 맞춘다.

여기서 가장 중요한 건 두 번째 '끝까지 쓰기'다. 논리가 엉성하거나 불완전해도 괜찮다. 첫 느낌, 첫 생각을 놓치지 않으려면 끝까지 써봐야 한다. 《뼛속까지 내려가서 써라》의 저자 나탈리 골드버그는 일찍이 글을 잘 써야 한다는 강박에서 벗어나 이미 내면에 존재하는 글쓰기의 잠재력과 씨앗을 끌어내는 과정을 강조했다.

삶을 글로 지어내는

내면의 검열관인 비평가를 무시하라, 당신이 쓰는 모든 글은 아름답다, 당신은 세상에서 가장 형편없는 쓰레기 같은 글을 쓸 권리가 있다. 쓸데없는 자책감과 열등감에서 벗어나라.

— 나탈리 골드버그, 《뼛속까지 내려가서 써라》

내면에 있던 걸 끄집어내면 취할 부분과 버릴 부분이 보인다. 살릴 부분끼리 자연스럽게 이어지도록 번호를 붙인다. 각 번호는 하나의 단락으로 발전시킨다. 한 단락에는 한 메시지만 담는다. 이런 글쓰기 과정에는 여덟 컷으로 나뉜 스토리보드 노트가 편리하다. 컷 하나를 하나의 단락으로 보고 핵심 메시지와 세부 내용을 적는다. 매끄러운 영상을 감상하듯 단락들끼리 유려하게 넘어가도록 개요를 짠다. 스토리보드 노트가 없어도 된다. 적당한 크기의 메모지나 냅킨을 활용하는 것도 방법이다. 작은 종이 하나에 하나의 메시지만 쓴 다음, 순서를 배치하면 된다.

다른 작가의 메모나 스케치를 보며 영감을 얻고 새로운 방법을 시도하기도 한다. J. K. 롤링은 '글쓰기에 관하여On Writing'란 인터뷰 영상에서 세계적인 히트작 '해리 포터'와 추리소설 '코모란 스트라이크' 시리즈 등을 어떻게 썼는지 밝혔다. 그가 줄거리를 구상할 때 표를 활용하는 방식이 인상적이었는데 챕터는 행으로, 이야기의 가닥은 열로 구분하며 이야기의 정보가 어디서 주어져야 하는지 기억하기

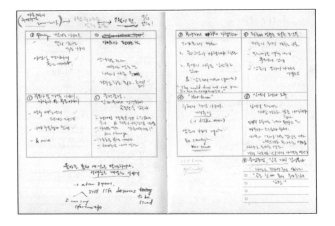

△ 지난 2020년부터 2023년까지의 시간을 회고한 글 〈마흔 즈음에〉 개요. 원래 염두에 둔 제목은 정재일의 노래 제목을 딴 '주섬주섬'이었으나 집필 과정에서 바꿨다. 글의 개요를 여러 차례 고치면서 지난 4년 동안 수집하고 기록한 메모 중 일부를 추려 본문에 덧붙였다. 위 이미지는 마지막으로 정리한 개요다. 총 아홉 단락과 열다섯 개 이상의 에피소드로 구성했다.

위해 붉은 청어red herring(추리소설에서 주의를 딴 데로 돌리기 위해 쓰는 장치)나 주요 단서 등은 늘 파란색으로 표기한다고 말했다. 그의 손글씨로 빼곡한 표를 보면, 핵심 줄거리를 놓치지 않으면서도 어떻게 대서사시의 개요를 세세히 썼는지 엿볼 수 있다.

시간과 공간을 넘나들면서도 핵심 줄거리를 놓치지 않는 사람으로 영화감독 크리스토퍼 놀런도 있다. 영화 평론가 톰 숀이 감독을 직접 인터뷰해 정리한 책《크리스토퍼 놀

삶을 글로 지어내는

란》에서도 놀런의 스케치를 볼 수 있다. '꿈속의 꿈'을 모티브로 더 깊은 잠재의식을 촘촘히 안내하는 〈인셉션〉의 다층적인 스토리라인, 시간이 정방향으로 흐르는 인물들과 역방향으로 흐르는 인물들이 서로 거울처럼 다투는 〈테넷〉을 구상할 때 감독이 그린 다이어그램을 보면 내가 쓰는 글의 구조도 어떻게 하면 흥미로울지 고민하게 된다.

이런 방법들은 아직 시도에만 그치고 있다. 언젠가 다양한 인물이 등장하는 소설을 쓸 기회가 생긴다면 유용할 것 같다. 주로 일상을 다루는 내 글은 선형적으로 흐르는 경우가 많다. 글을 쓰는 내가 길을 잃으면 독자는 무슨 소리인지 전혀 모를 수도 있다. 따라서 핵심 줄거리라도 분명히 하자는 쪽으로 마음을 다잡는다.

J. K. 롤링과 크리스토퍼 놀런의 메모에서 또 하나 눈여겨본 것은 둘 다 '손으로 직접 썼다'는 사실이다. 생각이 정리되지 않은 상태에서는 키보드보다 손으로 글을 쓰는 걸 권한다. 한글 키보드는 왼쪽에서 오른쪽으로만 입력 방향이 정해져 있어 의식의 흐름을 자유롭게 따라잡으며 두서없이 적기에는 손이 낫다. 처음에 PC나 노트북으로 쓰기 시작했더라도 중간에 이를 종이로 출력해 소리 내 읽고 그 위에 다시 손으로 쓰거나 노트에서 재구성하는 과정을 거친다.

오롯이 혼자 감당하는 기록, 글쓰기

글쓰기의 장점이자 단점은 모든 작업을 대부분 혼자서 해
내야 한다는 것이다. 나의 첫 직업은 정유·화학 공장을 설
계하는 플랜트 엔지니어였다. 뭔가를 튼튼히 짓는다는 개념
은 글쓰기와 비슷하지만 그 규모나 과정은 달랐다. 공장 하
나를 짓는 데 적어도 수십 명 이상의 엔지니어가 달라붙었
다. 가령 주요 기계장치들은 고정된 건지 회전하는 건지 또
는 패키지로 구성된 아이템인지에 따라 담당 엔지니어가 달
랐고 가격이 100억 원을 넘는 경우도 많아 구매 담당 부서가
따로 있었다. 나는 그중 철골 구조물, 건축물 등을 설계하는
토목건축팀 소속이었다. 엔지니어링 부서는 분업이 워낙 잘
되어 있어 일하는 과정 자체도 하나의 커다란 공장 같았다.

삶을 글로 지어내는

공장은 나 혼자 일하는 곳이 아니었으므로 동료들이 모두 퇴근하는 오후 6시를 기점으로 일 생각은 깔끔하게 꺼졌다.

한편 글 쓰는 직업으로 바꾼 뒤에는 일의 스위치가 온전히 꺼진 적이 드물다. 저자가 여러 명인 단행본이나 미국의 드라마 제작 시스템처럼 여러 작가가 협업해 짓는 세계도 있겠지만, 여기서 내가 말하는 일상 속 글쓰기는 온전히 홀로 구축하는 세계다. 잠을 자다가 깬 새벽에도, 테니스를 치다가도, 수영장에서 숨을 고르다가도, 샤워를 하는 순간에도 쓰다 만 글, 써야 할 글을 생각한다. 그 세계의 밑그림을 완성하기 전까지는 일과 삶을 분리하기 어렵다. 여기에 아이를 동반하는 일상까지 더해져 언제든 서로의 영역을 침범하며 어지럽힌다. 공장을 짓는 데 안전성과 경제성이 중요하다면 내가 짓는 글은 무너질 정도로 연약하고 취약해도 좋으니 진정성이 있길 바란다. 내 삶을 반영하며 쓰기 때문이다.

글을 끝까지 읽을 수 있도록 감정의 적절한 완급 조절도 필요하다. 창작 과정은 이런 목표를 달성할 때까지 끝나지 않는다. "어휴, 전 여전히 글쓰기가 너무 어려워요. 글을 쓰다가 안 풀리면 자꾸 자책하게 되잖아요. 스스로를 탓할 때마다 괴롭더라고요." 한때 같은 잡지사에서 글을 썼던 동료는 이렇게 말했다. 그는 몇 년 전부터 화보나 영상 등 상업적 이미지를 만드는 쪽으로 커리어를 바꿨다.

초고를 완성하면 한 가지 단계가 남는다. 불특정 다수에게 글을 공개하기 전에 내가 신뢰할 만한 타인에게 먼저 보여준다. 그 순간은 매번 두렵고 떨린다. 특히 글에 누군가의 말이 그대로 담긴 경우, 당사자(주로 아내나 삼촌이다)에게 원고를 공유하고 혹여나 왜곡이나 오해의 여지가 있을지 의견을 구한다.

[편집을 하는 과정에서] 가장 무서운 순간이라……. 그건 아마도 영화를 누군가에게 처음 보여줄 때다. 관객들에게 처음 테스트 시사를 할 때와 같은 순간 말이다. 관객이 어떻게 반응할지 기대되지만, 동시에 걱정도 된다. 때론 스스로도 영화가 아직 문제가 많다거나, 이 정도면 충분하다는 것도 이미 알고 있다.
— 문성환, 〈인터뷰 케빈 덴트, 에디터〉, 《할리우드로 출근합니다》

이 과정까지 온전히 마치고 나서야 글을 공개한다. 온라인 공간에 '발행' 또는 '게시' 버튼을 누르고 나면 돌이킬 수 없다. 그제야 깊은숨을 내쉰다. 홀가분하다. 그동안 불확실함으로 가득 찼던 내면의 생각, 일상과 시간을 글의 형태로 빚어냈다는 데 안도한다.

돌이켜보면 나는 예전부터 불확실성을 싫어했지만, 역설적으로 불확실성을 다룬 글은 선호해왔다. 주식시장에서 산

삶을 글로 지어내는

업이나 기업을 분석한 애널리스트 보고서나 투자 업계에 오래 몸담은 사람의 글을 좋아한다. 개인의 인생을 객관적으로 바라보기도 쉽지 않은데 유기체 같은 산업, 기업, 시장의 현황을 짚고 분석하고 전망한 다음 여기에 자기 생각까지 덧붙이는 행위는 동경의 대상이다. 잘 쓴 보고서는 자칫 건조한 숫자와 데이터로만 가득해 보이지만, 긴 시계열의 내러티브가 담겨 있다. 오랜 기간 시장을 떠나지 않고 그 불확실성을 견뎌온 사람만이 쓸 수 있는 단단함이 글에서 엿보인다.

새벽에 깨어난 송이가, 또는 아침에 일어난 송이가 자기 방문을 열고 나설 때의 모습을 기억한다. 부스스한 머리로 인상을 반쯤 찌푸린 채 가느다란 눈을 뜨고는 거실로 나온다. 주섬주섬 한 손에는 곰 인형을, 다른 손에는 사슴 모양의 애착 인형을 안고. 나는 그런 송이를 안아준다. 송이도 나를 안아준다.

송이가 매일 깨어나 마주하는 세계가 당분간은 나의 세계다. 그 세계에도 일터와 삶터라는 코트가 있다. 비록 플레이하다가 실수하더라도 코트를 함부로 떠나진 않겠다고 다짐해본다. 아내와 송이와 이미 한 팀이 되었으니, 필요하다면 벤치를 지키거나 볼보이 역할을 해도 충분할 것이다.

— 2024년 7월 12일 네이버 블로그 글 〈마흔 즈음에〉에서

잔잔한 호수의 표면도 자세히 보면 미세하게 파도가 친다. 제아무리 잔잔하고 지루한 인생이라도 하루하루 불확실성으로 가득하다. 일이든 삶이든 상승과 하강이 존재한다. 그 안에서 자연히 균형이 맞길 바라는 건 헛된 꿈이다. 균형은 시간이 흐른 뒤에야 깨달을 수 있는 삶의 후행 지표다.

앞으로 나아가는 자전거, 위태롭게 도는 팽이가 쓰러지지 않는 까닭은 계속 돌기 때문이다. 일과 삶, 돌봄과 양육, 일터와 삶터의 기쁨과 슬픔은 동시에 발생하거나 시차를 두고 반복된다. 그 요소들이 삶에서 끊임없이 돌고 돌며 나의 에너지를 빼앗거나 채워준다. 삶에서 유독 에너지가 많이 드는 때가 있다면, 어쩌면 인생의 중요한 시기를 지나고 있다는 증거인지도 모른다. 내 시간을 끌어당기는 대상에 더 관심과 정성을 기울여본다. 결국 삶을 충실히 살아내는 수밖에 없다. 애쓰고 버티다보면 간혹 균형이 절묘하게 맞아 보이는 순간이 온다. 그 찰나를 모으기 위해, 엉망진창인 내 삶을 사랑하기 위해 오늘도 글을 쓴다.

손현

서울에서 태어나 건축을 공부했다. 엔지니어링 회사에서 공장을 짓다가 퍼블리(Publy), 매거진 《B》, 비바리퍼블리카(토스)에서 글을 지었다. 요즘은 세 돌을 넘긴 딸 송이를 어린이집에 보내고 남는 시간에 글을 쓰거나 테니스를 친다. 《모터사이클로 유라시아》, 《글쓰기의 쓸모》, 《요즘 사는 맛》(공저), 《썬데이 파더스 클럽》(공저) 등을 썼고 《아무튼, 테니스》를 출간할 예정이다.

인스타그램 @thsgus

Editor's letter

수많은 것이 흩날리고 휘발하는 시대를 지나며 나는 무엇을 왜 기록하는지 궁리할 때가 점점 잦아졌어요. 애타는 마음으로 '기록법'을 물었고 돌아온 것은 나만의 고민이 아니라는 위로였습니다. '사실은……' 하며 털어놓는 서툰 기록자의 고백, 그럼에도 반짝이는 것을 건져 올리려는 노력을 읽으며 나와 우리, 저마다의 기록을 더 응원하게 됐어요. **성**

"어찌 되었든 잡지는[책은] 정해진 날에 나와야 한다." 아무도 다그치지 않았지만 마감을 앞두고는 이 문장을 몰래 읽어야 했습니다. "마감에 돌입하면 우리는[나는] 진심으로 전력 질주"하지만 무턱대고 뛰었던 것은 아닌지 생각해보게 되었어요. 아주 적절한 타이밍에 '좋은 콘텐츠'를 만들어내는 '기록'이란 무엇인지 되새겨보게 해주어서 제게 아주 고마운 원고였어요. **근**

고갈되지 않는 호기심이 기록법이라는 것을 배웠습니다. 말라붙지 않기 위해 에디터들은 주머니에 자기만의 '인형 눈'을 잔뜩 가지고 다니더라고요. 모든 사건, 사물, 생각에 인형 눈을 붙이고 그것으로 세상을 바라보는 사람. 그런 사람이 에디터라고 생각하니 제 주머니도 세상에 대한 호기심으로 가득 채워보고 싶어졌어요. **일**

에디터의 기록법

1판 1쇄 발행일 2025년 3월 24일
1판 3쇄 발행일 2025년 4월 28일

지은이 김송희, 김지원, 김혜원, 김희라, 도현정, 손현, 오별님, 윤성원, 조성도, 허완
발행인 김학원
발행처 (주)휴머니스트출판그룹
출판등록 제313-2007-000007호(2007년 1월 5일)
주소 (03991) 서울시 마포구 동교로23길 76(연남동)
전화 02-335-4422   **팩스** 02-334-3427
저자 독자 서비스 humanist@humanistbooks.com
홈페이지 www.humanistbooks.com
디자인 studio gomin   **용지** 화인페이퍼   **인쇄** 삼조인쇄   **제본** 해피문화사

자기만의 방은 (주)휴머니스트출판그룹의 지식실용 브랜드입니다.

© 김송희, 김지원, 김혜원, 김희라, 도헌정, 손현, 오별님, 윤성원, 조성도, 허완, 2025

ISBN 979-11-7087-306-8 03810